DER TOTE AUF DER BOHRINSEL

HANNAH HUSUM

2

DER TOTE AUF DER BOHRINSEL

Hannah Husum

KAPITEL EINS

Das Dröhnen der Rotorblätter war durch die Schallschutzkopfhörer kaum mehr als ein fernes Donnergrollen, das zu den dunklen Wolken passte, die vor dem Fenster in Richtung Osten zogen. Der Wind, der sie dem düsteren Horizont entgegentrieb wie schmutzige Watte, schüttelte den Helikopter der Küstenwache immer wieder heftig durch.

»Schwacher Magen?«, fragte Merle Winter über Funk. Die Oberkommissarin grinste süffisant, als Gabriel ihr einen säuerlichen Blick zuwarf.

»Nein«, antwortete er und schüttelte den Kopf. »Aber ich bin ein Kriminalhauptkommissar und verdiene mein Geld mit ehrlicher Arbeit. Hätte nie gedacht, dass ich da mal in den Genuss kommen würde, wie ein VIP herumchauffiert zu werden. In einem Helikopter!« Er fasste in seine Jacke und streichelte Blablaquatschis Köpfchen. Das Frettchen hatte sich in der Wärme an seinem Bauch zusammengerollt und quiekte missmutig. Die improvisierten Kopfhörer, die er ihm gebastelt hatte, funktionierten offenbar einigermaßen. »BBQ fliegt nicht besonders gerne und schon gar nicht in einem Heliko…«

»Hubschrauber«, schaltete sich Claudine Schäfer ein. Die

Rechtsmedizinerin saß direkt hinter ihm auf einem der einfachen Sitze, die so gar nicht zu Gabriels neuem VIP-Gefühl passen wollten.

»Was?«

»Es heißt Hubschrauber.«

»Claude«, murrte Penny. Die junge Kommissarin saß Gabriel direkt gegenüber und rollte mit den Augen, während sie ihre blonden Locken mit den Fingern auf- und abwickelte.

»Hubschrauber ist ein deutsches Wort«, fuhr Claude fort und rümpfte die Nase, woraufhin ihre große Rundglasbrille auf ihrer langen Nase hinabrutschte. »*Helikopter* dagegen ein griechisches. Außerdem bezeichnet ein Helikopter unter Fliegern einen kleinen Hubschrauber mit Rohrkonstruktion zwischen Hauptteil und Heck.«

»Also auf Mallorca haben wir ›*Mach den Hub-, Hub-, Hub-, mach den Schrauber, Schrauber, Schrauber, mach den Helikopter Eins, Eins, Sieeeben*‹«, setzte Penny zum Singen an, was einen Sturm des Protests im Funk entfachte, woraufhin sie abwehrend die Hände hob. »Kommt schon, Leute! Ich versuche Claudes Klugscheißerei zu ersticken, und ihr fallt mir in den Rücken?«

»Ballermann-Schlagerhits gegen Klugscheißerei?«, fragte Gabriel mit gerunzelter Stirn. »Du würdest ein Feuer auch mit Napalm löschen, nehme ich an?«

»Oder einen Furz mit einem Schurz vertreiben?«, fragte Merle grinsend, doch ihre Miene verwandelte sich in eine Maske der Entgeisterung, als sich sämtliche Blicke ihr zuwandten. »Was denn?«

»Das ist ekelhaft!«, bemerkte Claude pikiert.

»Sagt die Rechtsmedizinerin, die mit einem Hosenanzug, auf dem tanzende Skelette aufgenäht sind, zur Bohrinsel fliegt.«

»Die leuchten im Dunkeln!«

»Schoki?«, wandte sich Gabriel an die IT-Spezialistin

ihres Teams, die in der letzten Reihe neben Claude saß und auf ihrem iPad herumspielte. »SCHOKI?«

»Was?« Shakoufeh Gheselbash sah auf, ihr Gesicht kalkweiß vom kühlen Licht ihres Tablet-Computers. Sie sah aus wie ein Waschbär, der beim Klauen ertappt worden war.

»Hast du irgendwas rausgefunden?«

»Nicht viel, nö. Thomas Berger ist ein Hotelunternehmer. Inhaber der *Berger&Benelli*-Hotelkette. Ziemlich reich. War schon mal insolvent, darum ist seitdem seine Frau Geschäftsführerin. Er hat vor zwei Jahren die Hochplate gekauft.«

»Das ist die Bohrinsel, zu der wir fliegen, ja?«, wollte Merle wissen.

»Jo. Ist aber keine mehr. Wurde von Energon nie fertiggestellt, weil die Ölkonzessionen für die Nordsee letztes Jahr von der Regierung gestrichen wurden. Berger hat sie gekauft. Mehr gibt es nicht. Keine Pressemitteilungen, kein Medieninteresse, nichts.«

»Dann werden wir wohl abwarten müssen.« Merle fing Gabriels Blick auf und nickte. Vermutlich war ihm sein Unbehagen vom Gesicht abzulesen. »Sieh an«, sagte sie amüsiert und die Funkübertragung ließ ihre Stimme kratzig und noch belustigter klingen, als sie es vermutlich war. »Der Hüne, der sich unwohl fühlt, weil er nicht weiß, was er zum Geburtstag bekommt.«

»Ich glaube nicht, dass das hier was mit Geschenken zu tun hat«, erwiderte er und sah wieder hinaus. Mit der Stirn am Fenster der Schiebetür betrachtete er die Wellen, die unter ihnen auf und ab tanzten. Ihre Gischtkronen sahen aus wie Schneeflocken, die unentwegt schmolzen und sich neu bildeten. Obwohl seine Stirn am Glas kalt wurde, konnte er den Blick nicht abwenden. Die raue Natur der Nordsee hatte etwas Hypnotisches an sich, dem er sich seit ihrem Fall auf Pellworm kaum entziehen konnte.

»Machst du dir wirklich Sorgen?«, fragte Merle auf ihrem

Privatkanal, was er daran hören konnte, dass es deutlich weniger Rauschen gab.

»Die Sache auf Pellworm ist erst mal ausgestanden, aber das liegt nur daran, dass Erno Heinrichsen an vielen verschiedenen Schrauben des Justizsystems gedreht hat, und das kann ihm nicht gefallen haben«, antwortete Gabriel, ohne den Blick von der düsteren Winterszene unter ihnen abzuwenden. Es war erst 16 Uhr, doch wegen des heraufziehenden Gewitters sah es aus, als wäre die Sonne gerade untergegangen. »Jeder seiner Eingriffe erhöht die Gefahr, dass jemand Fragen stellt, deren Beantwortung irgendwann zu unserer Sonderkommission führt.«

»Aber gerade sind wir keine Soko«, erinnerte sie ihn. »Wir sind *Gäste.*«

»Und was soll das bei einer vom Generalstaatsanwalt Schleswig-Holsteins ausgesprochenen Einladung auf eine Bohrinsel heißen?«, fragte Gabriel und sah zu ihr.

Merle schien etwas sagen zu wollen, kaute dann jedoch auf ihrer Unterlippe, als wollte sie ihre Worte abschmecken, bevor sie ihren Mund verließen.

»Siehst du.«

»Wir hatten eh keine Wahl, das hast du vor dem Abflug selbst gesagt. Also spielt es keine Rolle. Hätte er die Verabredungen für unser Team aufkündigen wollen, hätten wir das sicher als Letzte erfahren und dann von einem der anderen Generalstaatsanwälte. Nehme ich zumindest an. Ich bin ja noch recht neu dabei.«

»Du hast schon recht«, gab er zu. »Aber auch ein ›*Weiter so, gute Arbeit!*‹ hätte er mit einem Anruf erledigen können. Irgendwas ist hier faul, und ich werde nicht gerne in Situationen geworfen, die ich …«

»Die du nicht kontrollieren kannst?«, unterbrach Merle ihn.

Gabriel zuckte mit seinen mächtigen Schultern. »Ich bin

Ermittler und Kriminalpsychologe. Ich kann schlecht aus meiner Haut.«

»Vielleicht will er uns ja befördern.«

»Ich bin Beamter des LKA Niedersachsens«, erinnerte er sie.

»Und ich des LKA Schleswig-Holsteins«, gab sie zurück. Ihre Zähne strahlten weiß wie in einer Zahnpastawerbung, als sie ihn angrinste und unschuldig mit den Wimpern klimperte. »Das heißt *mich* könnte er sehr wohl befördern.«

»Das müsste er *veranlassen*«, korrigierte er sie. »Über Kontakte im Polizeipräsidium. Aber er will so wenig Aufmerksamkeit wie möglich auf uns richten. Gewöhn dich schon mal dran: Beförderungen gehören nicht zu unserem Job. Dafür bekommst du das ganze Land zu sehen.«

»Und die ganze See, so wie es aussieht.«

»Es ist ein Hotel.«

»Wie bitte?«

»Die Bohrinsel. Der einzige Grund, warum ein Hotelunternehmer eine ausrangierte, nie fertiggestellte Bohrinsel kauft, kann nur sein, dass er sie zu einem Hotel umbauen wollte.« Gabriel deutete aus dem Fenster. »Denk mal darüber nach. Exklusiver geht es kaum.«

»Wie soll man eine Ölplattform zu einem Luxushotel umbauen?«, fragte Merle. Sie klang nicht besonders überzeugt. »Der ganze Aufbau ist ja für etwas ganz anderes konzipiert worden. Mit winzigen Unterkünften, großen Maschinenräumen und so was. Schätze ich zumindest.«

»So was ist Luxusurlaubern doch vollkommen egal. Die würden auch für eine Nacht im Wohnwagen zweitausend Euro pro Nacht zahlen, solange es einer von nur drei Wohnwagen ist, die es noch auf der Welt gibt. Exklusivität ist alles. Hauptsache nur ich kann es mir leisten – und du nicht. Das ist Teil des Lustgewinns bei dem Ganzen.«

»Klingt, als würdest du dich auskennen.«

»Es gab da mal einen Fall«, sagte er schmallippig. Bevor sie nachbohren konnte, schaltete er sich in den Gruppenfunk ein, auf dem offenbar gerade eine hitzige Debatte darüber geführt wurde, ob Sissi in den Originalfilmen mit Romy Schneider Haare unter den Armen gehabt hatte oder nicht und ob sie deshalb heute noch sexy sei oder nur noch in den Augen der Franzosen.

»Ich hab Haare unter den Armen«, sagte Schoki gerade. »Na und?«

»Das sind keine Haare, das sind Borsten«, meinte Penny und zog eine angewiderte Grimasse.

»Persischer Naturdraht!«, korrigierte die iranischstämmige IT-Spezialistin ihre Kollegin. »Selbst, wenn ich die rasieren wollte, müsste ich da mit ’nem Kantenschneider dran und …«

»*Seiten*schneider«, schaltete sich Claude ein.

»Keiner mag Klugscheißer«, gaben Schoki und Penny gleichzeitig zurück, und die Rechtsmedizinerin brummte verächtlich.

»Ich unterbreche eure weltbewegenden Diskussionen ja nur ungern«, meldete sich Gabriel zu Wort, »aber ich würde gerne wissen, was du, Schoki, über die Hochplate herausgefunden hast, als du noch Empfang hattest.«

»Empfang«, sagte Schoki und klang sehnsüchtig. »Erst mal heißt's offenbar nur *Hochplate.* War eine große Investition von Energon vor fünf Jahren, hauptsächlich mit ausländischen Bauunternehmen – Norweger und Schweizer, darum ist das Ding auch fast fertig geworden. Es gibt drei Ebenen, das Maschinendeck, das Bohrdeck und das Mannschaftsdeck. Wie alle modernen Bohrinseln ist sie für eine kleine Rumpfcrew mit dreißig Betten konzipiert. Der Betrieb war in drei Schichten rund um die Uhr mit Belegschaftswechseln alle drei Monate geplant.«

»Kann mir vorstellen, dass man hier schnell 'nen Inselkoller kriegt«, sagte Penny.

»Das Bohrding wurde nie installiert, kommt offenbar immer als Letztes«, fuhr Schoki fort, als hätte ihre Kollegin nichts gesagt. »Einen offiziellen Plan, wie eine Blaupause oder so was gibt es nicht online.«

Gabriel wollte etwas fragen, doch sie hob einen Finger und kam ihm zuvor.

»Nee, nirgendwo, auch in keiner Datenbank und *nein*, auch talentierte Hacker können nicht bei jedem Unternehmen auf die Server zugreifen und alles abstauben, was an Daten zu finden ist. Ganz abgesehen davon, dass das illegal wäre. Sorry, Gabe, aber ich glaube, bei dieser Sache müssen wir uns wohl oder übel damit anfreunden, dass Heinrichsen uns überrascht und mehr weiß als wir. Auch, wenn du's hasst wie die Pest.«

»*Ich* habe was herausgefunden.« Alle sahen zu Penny, die unschuldig mit ihren Locken spielte. »Ganz analog habe ich mit einem der Techniker von der Küstenwache gequatscht, als er unseren Hubschrauber aufgetankt hat. Netter Kerl.«

Gabriel bedeutete ihr mit einer ungeduldigen Geste, zum Punkt zu kommen.

»Eine Firma aus Dänemark, Consta-Lift oder so was, ist gestern erst von der Plattform zurückgekommen. Jede Menge Arbeiter und Gerät. Wenn die ein Hotel gebaut haben, dann sind sie auf jeden Fall gestern fertig geworden. Der junge Mann meinte zumindest recht stolz, dass er noch nie so viele Lastenhubschrauber auf seinem Landefeld zum Auftanken gesehen hat.«

»Hat er noch was gesagt?«

»Nö. Er wollte meine Nummer haben. Ich hab' ihm die von Schoki gegeben. Die muss ein bisschen mehr rauskommen, sonst klebt bald das iPad an ihren Fingern fest«, entgegnete Penny und warf ihrer Kollegin einen Kuss zu, als die ihr den Mittelfinger zeigte.

Gabriel seufzte. »Ihr habt alle viel zu gute Laune. Ich sage euch, das wird keine Vesperversammlung.« Er wandte sich wieder an Merle. »Also wissen wir eigentlich immer noch nichts.«

»Doch«, erwiderte sie fröhlich. »Es gibt einen Helikopterlandeplatz!«

»Hubschrauber!«, rief Claude von hinten.

KAPITEL ZWEI

Nach einer halben Stunde Flugzeit kam die Bohrinsel endlich in Sicht. Wie ein urzeitliches Seeungeheuer aus jahrhundertealtem Seemannsgarn schälte sie sich aus den Wolkenbergen, die bis zur unruhigen Wasseroberfläche zu reichen schienen. Die Plattform bestand aus einem ungleichmäßigen Quader auf vier dünnen Säulen, die von Gischt umtost wurden. Je näher sie heranflogen – die Piloten lenkten ihren Hubschrauber in eine lange Rechtskurve – desto mehr Details waren zu erkennen: die vielen kleineren Aufbauten, vermutlich Antennen, ein Ausleger auf der Unterseite, der aussah wie ein Haikäfig, eine gelbe Reling, die auf jeder der drei Etagen rund um das Bauwerk zu führen schien, die großen Bullaugen, der Hubschrauberlandeplatz auf dem Dach, umgeben von mehreren kleinen Treppenhäuschen.

Nachdem sie die Bohrinsel zur Hälfte umrundet hatten und an Höhe verloren, um sich dem großen aufgemalten ›H‹ zu nähern, konnte Gabriel durch das Fenster einen Schriftzug in Gold auf weißen Wänden erkennen, der sich über die gesamte obere Etage im Osten erstreckte: ›Nordseetraum‹.

»Sieht aus wie ein Raumschiff aus einem modernen

Science-Fiction-Film«, bemerkte Merle, als sie zum Landen ansetzten. Sie schwebten mit knatternden Rotorblättern über dem Landefeld und senkten sich grazil ab. Die Kabine schwankte dabei immer wieder, wenn stärkere Böen sie erfassten.

»Sieht teuer aus«, erwiderte er und wartete, bis ein Ruck durch den Hubschrauber ging und Maschinen- und Rotorengeräusche leiser wurden. Der Copilot streckte einen Daumen in den schmalen Durchgang zwischen Kabine und Cockpit, woraufhin sie ihre Schallschutzkopfhörer wieder unter den Sitzen verstauten, ihre kleinen Rucksäcke an sich nahmen und Gabriel die Seitentür aufschob.

Sofort schlug ihm der Geruch der Nordsee entgegen: salzig und frei. Der Sturm war bereits im Begriff abzuebben, doch die Böen waren immer noch stark genug, dass sie an seiner Kleidung zerrten, und feine Nieseltropfen auf ihn niederpeitschten. Mit eingezogenen Schultern und geduckter Haltung lief er in Richtung des Treppenhäuschens gegenüber, dessen Tür weit aufstand. Eine einzelne Gestalt wartete dort in den Schatten auf sie.

Gabriel vergewisserte sich mit einem Schulterblick, dass sein Team vollzählig war, und signalisierte den Piloten mit hochgerecktem Daumen, dass alles in Ordnung war, da hoben sie bereits wieder ab.

»Guten Morgen, Herr Behrens«, begrüßte Erno Heinrichsen ihn und schüttelte seine Hand. Sie gingen einige Stufen hinab ins Treppenhaus, um den anderen Platz zu machen. Der Generalstaatsanwalt von Schleswig Holstein war – wie beinahe jeder – über einen Kopf kleiner als Gabriel, das ergraute Haar lag wie eine weiße Wolke über seiner Stirn und auf einer schmalen, falkenhaften Nase saß eine Brille mit dunklem Rand.

»Guten Morgen, Herr Generalstaatsanwalt«, erwiderte er und ließ sich seine Verwunderung darüber, dass sein Gegenüber ihn nicht mit seinem Rang angesprochen hatte, nicht anmerken.

»Gut, dass Sie es einrichten konnten.«

»Hatten wir denn eine Wahl?«, fragte Gabriel mit einem Lächeln, um den Scherz zu verdeutlichen.

»Die hat man immer. Sie fragen sich vermutlich, warum Sie so überstürzt kommen sollten.«

»Das könnte man so sagen.« Er sah auf seine Armbanduhr hinab. »Vor drei Stunden saßen wir noch bei Claudine Schäfer, um ihren Geburtstag zu feiern.«

»Oh«, machte Heinrichsen, ging aber nicht weiter darauf ein. »Ich habe Sie hierher eingeladen, um mit Ihnen über die Zukunft Ihres Teams zu sprechen – keine Sorge, ich hatte nicht vor, es aufzulösen. Ihr Erfolg auf Pellworm ist beachtlich, trotz Ihres Fehlverhaltens.«

Gabriel wollte sich dazu äußern, doch Heinrichsen brachte ihn mit einer unmissverständlichen Geste zum Schweigen.

»Ich wollte Merle Winter kennenlernen und mir einen umfassenden Bericht von Ihnen geben lassen, bevor ich ...« Der Generalstaatsanwalt hielt vor ihm auf den Treppen inne und drehte sich um. Keine fünf Stufen unter ihm befand sich eine geschlossene Tür. »Nun, ich habe Sie hierhergeholt, um jemanden davon zu überzeugen, die Existenz Ihrer länderübergreifenden Einheit nicht publik zu machen. Dazu bin ich leider nicht mehr in der Lage.«

»Warten Sie.« Gabriel hob beide Hände. »Sie wollten uns jemandem vorzeigen, damit er nicht an die Presse geht?«

»Nicht nur an die Presse, aber ja. So in etwa.«

»Unsere Einheit ist nicht geheim. Und auch nicht illegal.«

»Nein, aber es gibt einen Unterschied zwischen geheim und möglichst unauffällig. Die Gründe dafür, dass meine Kollegen der anderen Länder und ich keine große Publicity gebrauchen können, dürften Ihnen bekannt sein«, erklärte Heinrichsen.

»Gut, das wird also eine Dackelparade. Wenn dieser jemand uns ganz niedlich findet, ein paarmal gestreichelt hat, ist er zufrieden und wir können wieder gehen?«

Der Generalstaatsanwalt rollte mit den Augen. »Wenn Sie es unbedingt so sehen wollen, meinetwegen. Aber es war zu Ihrem und unserem Besten. Ihnen muss ich ja hoffentlich nicht erklären, wie wichtig Ihre Arbeit ist.«

»Nein.« Gabriel schüttelte den Kopf. »Aber Sie könnten mir erklären, warum Sie in der Vergangenheitsform sprechen.«

»Die Person, um die es geht, ist tot.«

Das gedämpfte Gespräch von Penny, Schoki, Claude und Merle hinter ihm verstummte schlagartig.

»Wie?«, fragte er verdutzt. »Während wir hergeflogen sind?«

»Mitarbeiter des Technikteams haben vor fünfzehn Minuten eine Leiche gefunden. Es war reiner Zufall, dass ich als Erster davon erfahren habe«, erklärte Heinrichsen.

»Wir reden vermutlich nicht von einem Herzinfarkt oder so was?«

»Nein. Ein Loch in der Stirn und erdrosselt. Der Tatort ist momentan abgeschlossen und ich habe den Schlüssel.« Sein Gegenüber fasste sich in die Reverstasche seines Anzugs und zog eine Schlüsselkarte heraus, die er Gabriel in die Hand legte. »Das Opfer heißt Martin Gensheimer, er …«

»Der Staranwalt aus dieser Fernsehsendung?«, fragte Merle von hinten. »*Recht des Gesetzes?*«

»Ja«, erwiderte Heinrichsen widerwillig. »Er hat ein weitreichendes Netzwerk aus Kontakten und irgendwie Wind von Ihrer Einheit bekommen. Hat damit gedroht, dass er seine Informationen verbreiten würde, und ich wollte ihn umstimmen, indem er Sie kennenlernt und aus erster Hand erfährt, wie wichtig Ihre Arbeit ist. Jetzt ist er tot. Sie können sich vermutlich vorstellen, dass es unserer Sache nicht gerade helfen würde, wenn Ermittlerteams vom Festland anrücken und hier jeden Stein umdrehen, bis sie auf die Informationen stoßen, die Gensheimer hatte.«

»Sie wollen, dass wir die Informationen zuerst finden«, mutmaßte Gabriel. »Aber so einfach ist das nicht. Wenn er etwas elektronisch abgespeichert hat, eine Art Sicherheit, dann bestimmt auf einer Cloud und …«

»Nein«, unterbrach Heinrichsen ihn scharf. »Dafür war er viel zu schlau. Ich will, dass niemand überhaupt erst danach sucht, weil der Fall abgeschlossen ist, bevor jemand hinzugezogen wird.«

»Also wollen Sie, dass wir den Täter finden und den Fall lösen, bevor er Wellen schlägt.«

»Ja.«

»Wir haben allerdings kein Gepäck mit, nur das Nötigste.«

»Sie werden keins brauchen«, erklärte Schleswig Holsteins oberster Jurist und sah auf seine teure Armbanduhr hinab. »In weniger als vierundzwanzig Stunden werden die Gäste der Bergers von ihren Privathelikoptern abgeholt. Bis dahin muss der Täter gefunden sein und dem LKA überstellt werden.«

»Blödsinn!«, entfuhr es Claude hinter Gabriel, und ihre Stimme hallte geisterhaft im Treppenhaus wider.

Heinrichsens weiße Augenbrauen zogen sich zusammen. »Nein, das ist die einzige Möglichkeit.«

»*Niemand* löst ein Tötungsdelikt in vierundzwanzig Stunden, ohne dass der Täter unbedingt gefunden werden will und die Beweislage eindeutig ist«, erklärte Gabriel. »Das müssten Sie wissen. Wenn also niemand mit Tatwaffe in der Hand direkt neben dem Opfer stand und gesagt hat ›*Ich war's*‹, dann ist das schlicht unmöglich.«

»Dann machen Sie es möglich. Ihre Einheit ist doch genau deswegen gegründet worden – um schwierige Fälle zu lösen.«

»Nein, wir sind gegründet worden, um schnell und unkompliziert an länderübergreifenden Fällen arbeiten und sie lösen zu können«, korrigierte Gabriel sein Gegenüber. »Ich bin nicht Tom Cruise, und das ist nicht Mission Impossible.«

»Dann machen Sie es jetzt besser dazu«, beharrte Heinrichsen mit wachsender Ungeduld in der Stimme. Sein Blick war jetzt streng, der eines Falken, der seine Beute fixierte. »Das ist eine direkte Anweisung.«

»Wie lautet Sie genau?«, fragte Gabriel. »Gut zuhören, Leute, bevor die Nachricht sich selbst zerstört.«

»Im Hotel befinden sich neun VIP-Gäste zu einem exklusiven Treffen, bevor in zwei Wochen die Eröffnung stattfindet. Thomas Berger und seine Frau Katrin sind auf der Suche nach letzten Geldgebern für das erste Jahr, weil das Projekt mehr verschlungen hat, als angenommen. Dazu kommt noch ein Dutzend Mitarbeiter – eine Rumpfbesatzung, aber die Gästeliste ist auch entsprechend klein. Das Opfer, Martin Gensheimer, ist von Thomas Berger eingeladen worden, um einen möglichen Rechtsstreit mit Energon abzuwenden, da der Energieriese vor weniger als einer Woche einen Vertrag mit Gensheimer geschlossen hat. Es ging vermutlich darum, Berger&Benelli zu verklagen, weil der Umbau einen Tag vor dem offiziellen Urteil begonnen hatte, das das Ende der Ölförderung endgültig besiegelt hat. Bevor Sie fragen: *Ich* bin eingeladen worden, weil Thomas Berger ein alter Freund ist.«

»Und vermutlich auch, weil er wollte, dass wenn nicht Sie selbst, so doch Ihre Anwesenheit Gensheimer einschüchtert«, sagte Gabriel, doch Heinrichsen ging nicht darauf ein und legte ihm eine kleine Broschüre mit einem Plan des Hotels in die Hand. »Sie haben vierundzwanzig Stunden, den Täter zu finden und dafür zu sorgen, dass kein Licht auf Sie und Ihre Einheit fällt, wo wir keines haben möchten.«

»Was ist, wenn die Gäste Ihre Hubschrauber herrufen?«, fragte Merle.

»Sabotieren Sie meinetwegen die Funkanlage, tun Sie, was Sie tun müssen, um in diesem kurzen Zeitfenster den Fall zu lösen.« Heinrichsen hob eine Hand, als Gabriel nachhaken wollte. »Nein, das war keine Aufforderung zu kriminellen Handlungen, aber Sie haben freie Hand. Das sollte Ihnen als Aussage reichen, nehme ich an.«

»Klar.«

»Die Leiche befindet sich im Maschinenraum, Deck 1, ganz unten. Der Ingenieur Herbert Lühn und sein Elektriker Fram Andersen befinden sich im Büro des Wartungspersonals direkt daneben. Sie haben den Toten entdeckt. Die Gäste halten sich aktuell im Speisesaal auf Deck 3 auf und sehen einen Film über den Umbau der Plattform. Thomas wird im Anschluss noch Fragen beantworten und dann gibt es in dreißig Minuten Essen. Unter den Gästen ist übrigens auch Martin Gensheimers Witwe Sarah. Wenn Sie nicht die Täterin war, weiß sie noch nichts vom Tod ihres Mannes.« Heinrichsen holte tief Luft und schüttelte den Kopf. Leiser und etwas weniger scharf fügte der Generalstaatsanwalt hinzu: »Hören Sie, ich will ganz ehrlich zu Ihnen sein. Wir müssen nicht nur Ihre Einheit schützen, sondern auch meinen Schulfreund. Thomas Berger hat seine gesamte Zukunft in dieses Projekt gesteckt, und eine langwierige Ermittlung würde sein Familienunternehmen und ihn ruinieren.«

»Wir kümmern uns darum«, versprach Gabriel, obwohl er keinen Schimmer hatte, wie sie in vierundzwanzig Stunden ein Tötungsdelikt lösen sollten.

KAPITEL DREI

Das Hotel wirkte verlassen und leer, als sie über einen Flur mit teurem Holzfußboden und vergoldetem Stuck zum Treppenhaus gingen. Alles roch neu nach Lack und Luxus, glänzte und strahlte. An einigen Applikationen – zum Beispiel an den Geländern der Treppe – klebte teilweise noch Plastikfolie.

Der Maschinenraum war leicht zu finden, denn er bildete auf Deck 1, dem untersten der drei Decks, einen großen Bereich, der beinahe die gesamte Etage ausfüllte. Ein Gang mit drei Türen führte rings herum, die hinein führten und nur einer anderen, hinter der sich das Wartungsbüro für die Techniker befand.

»Wir sehen uns erst den Tatort an, dann befrage ich die beiden.« Gabriel deutete auf die Tür mit der Aufschrift ›Wartungsbüro‹. »Penny? Kannst du die Männer schon mal vorbereiten?«

»Klar«, sagte seine Assistentin und wandte sich ab. Er zog seine Schlüsselkarte über das entsprechende Feld neben der Tür und ging mit Merle, Claude und Schoki hinein.

Der Maschinenraum war so groß wie ein Tennisplatz und

mehrere Stockwerke hoch, sodass sich sein Bauch vermutlich bis weit unter die Plattform erstreckte. Sie traten in den oberen Bereich hinaus, in dem nichts mehr an Luxus erinnerte. Der Boden bestand aus geriffeltem Metall, die Handreling weiter vorne aus Stahl, auf dem erste Rostflecken zu sehen waren. Weiter unten brummten Gasturbinen, die das Hotel mit Strom versorgten. Vier dicke Säulen umgaben das schlagende Herz der Bohrinsel, gelb angestrichen und mit abgeblätterten Warnsymbolen versehen: Helm tragen, Rauchen verboten, Lebensgefahr, nicht anfassen. Gabriel ging weiter nach rechts, wo der Laufsteg in eine Plattform überging, die an einer Winde endete. Sie hing an einem Kran mit zwei fingerdicken Metallketten am Ende, von denen eine nach oben übergeschlagen war und einen komplizierten Knoten bildete. Die andere führte zwei Stockwerke nach unten, wo eine reglose Gestalt mit unnatürlich abgewinkelten Armen und Beinen lag. Die einzelne Kette, die nach unten führte, war um seinen Hals gewickelt.

»Martin Gensheimer, nehme ich an«, sagte Gabriel.

»Im Fernsehen war er charismatischer«, merkte Claude an, und er hob eine Augenbraue in ihre Richtung.

Die Rechtsmedizinerin wandte ihren Blick von der Leiche ab und sah ihn an. »Was denn? Zu früh?«

»Wenn ich *Ja* sage, würdest du dann aufhören?«

»Natürlich nicht.«

»Habe ich mir schon gedacht. Gehen wir uns die Leiche näher anschauen«, schlug er vor, und wie immer musste er sie nicht zweimal auffordern, um sich mit einem Leichnam zu beschäftigen.

»Ich gucke mich hier oben ein bisschen um«, sagte Merle und deutete auf den freien Bereich, auf dem sie standen. »Vielleicht wurde er hier oben mit der Kette erdrosselt und dann hinuntergeschubst.«

»Gute Idee.« Gabriel nickte und folgte Claude zu den Treppen an der Seite. Es war düster genug, dass er die tanzenden Skelette auf ihrer Jacke sehen konnte – sie leuchteten tatsächlich ein wenig. Je weiter sie nach unten gingen, desto intensiver wurde der Geruch nach Ozon und Schmierstoffen. Er erinnerte ihn an die Werkstatt seines Vaters, in der er als Kind häufig gespielt hatte, während er darauf wartete, dass endlich Feierabend war und sie nach Hause gehen konnten.

Unten angekommen, mussten sie noch lauter sprechen, um sich zu verstehen, da das Wummern der Gasturbinen geradezu ohrenbetäubend war.

»Nicht zu nah rangehen!«, rief Claude, und er nickte.

Aus einem Meter Abstand konnte er bereits das Loch in der Stirn des Staranwalts erkennen, unter dem sich eine große Pfütze Blut angesammelt hatte, das an den Rändern längst geronnen war. Der rechte Arm war offensichtlich gebrochen, und auch das rechte Bein stand in ungesundem Winkel zur Seite ab, als wäre der gesamte Körper des Toten von etwas Schwerem plattgedrückt worden.

Martin Gensheimer war in einen stahlgrauen Anzug gekleidet, vermutlich maßgeschneidert. Die rehbraunen Haare waren durcheinander, sahen aber strähnig aus, genau wie im Fernsehen, wo er sie meist zurückgegelt getragen hatte. Ihn jetzt als Leiche zu sehen, obwohl er den Mann nur aus dem Fernsehen gekannt hatte, war seltsam befremdlich. Doch Gabriel schob auch das beiseite und sah zu, wie Claude mit Latexhandschuhen ihren kleinen Koffer abstellte und ihre große Rundglasbrille gegen eine Lupenbrille mit eingebauten Lämpchen tauschte.

Schoki kam derweil hinter ihnen an und schoss Fotos für die Forensik und die Protokolle. Es blitzte immer wieder im Halbdunkel, während sie aus sämtlichen Winkeln Aufnahmen anfertigte. Gabriel machte sich nützlich, indem er die vier kleinen, aber äußerst leistungsstarken LED-Lampen aus Claudes Rucksack nahm und rings um die Leiche postierte, damit sie gut ausgeleuchtet war.

»Wie machst du das bloß?«, rief er.

»Was denn?«, fragte die Ärztin.

»Dass du deinen ganzen Kram dabeihast, obwohl wir gar nicht im Dienst waren. Hättest ruhig was sagen können, wenn du schon gewusst hast, dass das hier eine Ermittlung wird!«

»Ich bin halt gerne vorbereitet. Ich war mal Ersthelferin bei einem Autounfall auf der A2. Da war größtenteils nur noch Gulasch, aber der einen Frau mit dem Pneumothorax hätte ich helfen können, wenn ich nur meinen Koffer dabeigehabt hätte.« Claude zuckte mit den Schultern. »Seitdem gehe ich eigentlich nie ohne ihn aus dem Haus, auch wenn ihr mich ständig dafür verarscht.«

»Wird nicht wieder vorkommen«, versprach er brüllend und deutete auf die Leiche, da Schoki gerade die letzte Aufnahme gemacht hatte und ihm einen Daumen entgegenstreckte. Die IT-Spezialistin hatte zwar nicht in weiser Voraussicht eine digitale Spiegelreflexkamera mitgebracht, aber ihre Smartphone-Kamera würde fürs Erste ausreichen müssen. Die Forensik würde später zwar nicht glücklich darüber sein, aber das war sie ohnehin nicht, und als Ermittler vor Ort hatten sie zumindest einige wenige Freiheiten, zu denen auch die Erstuntersuchung der Leiche gehörte, wenn Gefahr im Verzug war. Und soweit sie annehmen mussten, befand sich ein möglicher Täter noch immer in diesem Hotel und war damit eine Gefahr für die anderen Gäste. Zumindest würde Erno Heinrichsen hoffentlich so argumentieren, falls sie später gerügt werden sollten.

Claude begann die sterblichen Überreste Gensheimers abzutasten und seine Haut am Hals freizulegen, wo die Kette eng anlag. Um sie herum war alles gerötet. Doch die Metallglieder hatten sich offenbar auch um seine Schulter und die Achselhöhlen gewickelt.

»Ist etwa eine Stunde tot«, befand Claude laut. Schoki hatte bereits ihr iPad gezückt und füllte ein digitales Protokoll mit den entsprechenden Aussagen ihrer Kollegin aus. »Könnten auch zwei sein, aber nicht mehr, schwer zu sagen in einem so frühen Stadium. Die meisten Gelenke sind noch beweglich, aber in den Knien und Ellenbogen bereits etwas schwergängiger. Der Tod ist vermutlich durch das Loch in der Stirn eingetreten. Ohne eingehende Forensik mit Schießpulvernachweis ist es schwer zu sagen, was es verursacht hat, aber es sieht eher nach einem Projektil aus, nicht nach einem stumpfen Gegenstand. Die Wundränder sind glatt, kaum Splitterungen im sichtbaren Knochengewebe über der Nasenwurzel. Die Schädelbasis ist nicht gebrochen, auch die Nase nicht, darum vermute ich, dass die Kette um den Hals des Opfers den Sturz etwas gebremst hat, aber nicht so stark, dass sein Genick gebrochen wäre. Keine unnatürliche Überstreckung zu erkennen. Das rechte Bein ist am Unterschenkel über dem Sprunggelenk gebrochen, der rechte Arm über dem Handgelenk.«

»Er ist also mit der rechten Körperhälfte aufgeschlagen und hat wahrscheinlich reflexhaft versucht, sich abzufangen?«, fragte Gabriel mit lauter Stimme.

»Sieht ganz danach aus.« Claude nickte. »Wer auch immer versucht hat, Gensheimer zu erdrosseln, ist wirklich merkwürdig vorgegangen.«

»Eine Affekthandlung?«

»Oder eine Auseinandersetzung.« Sie drehte vorsichtig das Gesicht des Toten nach oben, sodass er eine dicke Prellung auf der linken Wange erkennen konnte. »Typisches Merkmal stumpfer Gewalteinwirkung. Ein Faustschlag, vielleicht auch mit einem stumpfen Gegenstand. Mit der Gesichtshälfte ist er nämlich ganz sicher nicht auf dem Boden aufgekommen.«

»Gabe?«, rief Merle von oben. Er hätte sie beinahe überhört, so laut dröhnten die Gasturbinen neben ihm. Die Oberkommissarin lehnte ganz oben über dem Geländer und forderte ihn mit einem Wink auf, zu ihr zu kommen.

Er nickte und gab Claude und Schoki ein Zeichen, dass sie weitermachen sollten, dann ging er zurück nach oben. Der Lautstärkepegel senkte sich ein wenig, auch wenn es immer noch unangenehm war – genau wie die stickige Luft, die sich in der Luftröhre anfühlte wie eine unsichtbare, sämige Flüssigkeit.

»Was hast du?«, fragte er Merle, als er wieder auf der Plattform angekommen war. Die blonde Oberkommissarin stand am Geländer und bedeutete ihm, stehen zu bleiben.

»Siehst du dieses Muster auf dem Boden?«

Gabriel betrachtete die erratischen Streifen auf dem Metall und nickte.

»Das ist kein Muster. Ich glaube, das stammt von Schuhen, die über das Metall gerutscht sind.« Sie gab ihm einen Wink und er folgte ihr zurück zu der Tür, durch die sie gekommen waren. Rechts von ihr lief ein schmaler Steg weiter die Wand entlang. Auf dem Boden verliefen keinerlei Streifen. Er kniete sich hin und fuhr mit dem ausgestreckten Zeigefinger darüber. Als er mit dem Mittelfinger dagegenrieb, fühlte es sich klebrig an.

»Patina«, stellte er fest.

»Ja.« Merle nickte. »Hier drinnen wurde offenbar deutlich weniger Wert auf Sauberkeit gelegt als in den Gastbereichen.«

»Wenn Schuhe dafür verantwortlich sind, dass es Streifen in der Patina gibt, drüben auf der Plattform, dann glaubst du an einen Kampf.«

»Ja.« Sie zeigte auf den Bereich hinter ihnen. »Wir haben

zwar auch Abdrücke hinterlassen, aber da muss man schon sehr genau hinschauen. Das ist aber noch nicht alles.«

Wieder bedeutete sie ihm, ihr zu folgen. An der Rückseite der Plattform deutete sie auf ein offenes Bullauge – das einzige Fenster, dass es hier unten gab.

»Ich habe gar nicht gesehen, dass es offen ist«, gestand er.

»Wegen der Lautstärke hier drin.« Merle deutete auf ihre Ohren. »Sonst hätten wir den Wind heulen gehört. Warum steht es offen?«

»Vielleicht, weil jemand den Geruch nicht ertragen konnte? Fühlt sich an, als könnte man die Luft hier drinnen trinken.«

»Vielleicht. Sollten wir die Techniker gleich mal fragen. Ich glaube, dass der Täter dem Opfer aufgelauert hat.«

»Wie kommst du darauf? Sag nicht, er ist zum Fenster reingekommen.« Gabriel deutete auf das kleine Bullauge. »Falls er keine Möwe war, würde es mich doch sehr wundern.«

An seiner Brust quiekte Blablaquatschi laut. Er seufzte und holte das Frettchen heraus, legte es aber auf seine Schulter und gab ihm mit ausgestrecktem Zeigefinger ein Zeichen. Daraufhin legte sich der Iltis missmutig ab und schlug mit seinem Schwanz nach Gabriels Ohr.

»BBQ ist heute aber brav«, befand Merle.

»Er weiß, dass ich frischen Ingwer in der Tasche habe, den er nur bekommt, wenn er artig ist«, entgegnete Gabriel und folgte ihr, als sie ihn zurück zur Tür brachte und auf eine kleine Ecke hinter einem hoch aufragenden, orangenen Schrank zuging, wo mehrere gelbe Helme an Haken hingen. Ein bodenlanger grauer Vorhang war zur Seite geschoben. Zwischen Wand und Schrank verlief ein Dutzend dicker Rohre, die in der Mitte etwas Abstand zueinander hatten. Genau in dieser Lücke klemmte ein Schild mit mehreren Anweisungen zur sicheren Fortbewegung im Maschinenraum.

»Siehst du diesen Spalt?« Merle deutete nach unten. Er musste sich bücken, um zu erkennen, wovon sie sprach: Zwischen einer kniehohen Abdeckung und dem Schild zwischen den Rohren gab es einen handbreiten Spalt, durch den er auf die Plattform blicken konnte.

»Ja. Und?«

»Komm mit.« Sie ging vor, zurück auf die Plattform und zur anderen Seite, wo es einen augenscheinlich baugleichen Schrank rechts einer Tür, dieselben Rohre, ein paar Helme an Haken und die Rohrleitungen gab. Auch das Schild mit den Anweisungen war identisch, nur dass es hier keinen Spalt zwischen Abdeckung und Schild gab.

Gabriel überlegte, dann ging er zu Tür zurück, durch die sie gekommen waren, drehte sich zu der kleinen Ecke herum, ging hinein und zog den Vorhang zu, nachdem Merle zu ihm gekommen war.

»Du glaubst, dass der Täter sich hier versteckt und das Schild hochgeschoben hat, um auf die Plattform sehen zu können«, schlussfolgerte er und kniete sich wieder hin, den Blick durch den Spalt in Richtung des Krans gerichtet, an dessen Ende ganz unten die Leiche von Martin Gensheimer lag.

»Ja«, bestätigte Merle. »Stellt sich nur die Frage, warum.«

»Könnte auch ein Zufall sein mit dem nach oben geschobenen Schild«, wandte er ein.

»Natürlich.«

»Außerdem: Wieso sollte der Täter seinem Opfer hier auflauern? Um ihn anzugreifen, müsste er aus der Ecke herauskommen und auf ihn zulaufen, was keine große Überraschung wäre.«

»Wenn es einen Kampf gab, wäre das nicht unwahrscheinlich. Es könnte auch sein, dass der Täter anfänglich gar nicht geplant hatte, sein Opfer umzubringen.«

»Körperverletzung mit Todesfolge? Fahrlässige Tötung?« Gabriel rieb sich über das unrasierte Kinn und dachte nach. Dann ließ er Blablaquatschi herunter, der sofort wie ein Blitz aus Fell und Krallen zwischen den Rohren verschwand. »Am besten reden wir erst mal mit den beiden Herren, die Gensheimer gefunden haben.«

KAPITEL VIER

Das Technikerbüro befand sich im Flur hinter der Tür ganz am Ende und war ein kleiner Raum von wenigen Metern Kantenlänge, in dem zwei Schreibtische und eine Sitzecke untergebracht waren. Auf der saßen zwei blass aussehende Männer, der eine Mitte fünfzig, der andere gut zwanzig Jahre jünger. Penny hockte ihnen gegenüber auf einem Stuhl, den sie mit der Lehne nach vorne gedreht hatte, um ihre Arme darauf abzulegen.

»Ah, das sind Hauptkommissar Behrens und Oberkommissarin Winter«, stellte Penny sie beide vor und stand auf. »Sie werden Ihnen beiden jetzt ein paar Fragen stellen.«

Gabriel nickte seiner Assistentin zu und sie verließ den Raum.

»Guten Tag, Behrens«, er schüttelte erst dem älteren Ingenieur die Hand.

»Herbert Lühn«, antwortete der Mann mit brüchiger Stimme.

»Fram Andersen«, stellte sich der junge Techniker vor, der etwas beherrschter klang, aber ebenfalls aussah, als hätte er einen Geist gesehen.

»Meine Kollegin und ich sind hier, um Ihnen ein paar Fragen zu stellen«, sagte Gabriel. »Aber zuerst würden wir von Ihnen gerne erfahren, wie Sie die Leiche gefunden haben. Waren Sie zusammen?«

»Ja«, bestätigte Herbert Lühn.

»Gut. Dann würde ich meine Kollegin bitten, mit Ihnen, Herr Andersen, hinauszugehen und unter vier Augen zu sprechen. Das ist reine Routine«, fügte er hinzu, als sein Gegenüber sich etwas hilflos nach seinem Kollegen umsah. »So ist es deutlich einfacher, und wir sind hier schneller fertig.«

Und ihr könnt euch keine gemeinsame Story ausdenken, fügte er in Gedanken hinzu.

Andersen nickte langsam und stand auf, als Merle ihm die Tür aufhielt. Nachdem sie nach draußen gegangen waren und das Türschloss geklickt hatte, wandte er sich wieder dem Ingenieur zu und zückte seinen Notizblock.

»Also gut, Herr Lühn, erzählen Sie mir doch bitte erst einmal in eigenen Worten, was sich zugetragen hat. Ich möchte, dass Sie sich an so viele Details zu erinnern versuchen, wie nur möglich. Nichts ist dabei unwichtig oder zu nebensächlich, in Ordnung?«

»Ist gut.« Der vierschrötige Mann senkte den Blick und sah in seine rauen Handflächen. »Also, der Fram und ich, also mein Kollege, der gerade rausgegangen ist, waren von der Kantine aus auf dem Weg hier runter, als uns aufgefallen ist, dass die Tür zum Maschinenraum offen stand. So einen Spalt breit, nech? Das ist komisch, weil die Türen einen magnetischen Schließmechanismus haben und nur offen bleiben können, wenn sie mechanisch blockiert sind oder ein kleiner Schalter an der Innenseite umgelegt wird. Das machen wir öfters, wenn wir hin und her gehen in kurzer Zeit, damit wir nicht ständig die Schlüsselkarten benutzen müssen. Hier kommt ja sonst nie jemand runter. Jedenfalls stand sie offen, was uns gewundert hat. Ich dachte schon, dass jemand eine unserer Schlüsselkarten geklaut haben könnte, aber ich hatte meine bei mir und Frams haben wir im Büro gefunden.«

Gabriel hob eine Augenbraue, unterbrach Herbert Lühn jedoch nicht.

»Wir sind dann rein ins Maschinendeck und haben schon gesehen, das was nicht stimmt: Der Kran ist normalerweise so ausgerichtet, dass er parallel zum Geländer an der Plattform verläuft. Das ist seine Einrastposition, und die Ketten bilden Schlaufen, weil die Enden eingehakt werden. Aber der Kran stand nach vorne ab und eine der Ketten war gelöst. Wir sind dann hin, um ihn wieder richtig einzustellen, als wir nach unten geguckt haben und da lag er dann. Der ... also der Tote.«

Da der Ingenieur nun schweigend in seine Hände starrte und keine Anstalten machte, weiterzusprechen, rührte Gabriel sich, nachdem er den letzten Satz geschrieben hatte.

»Woher wussten Sie, dass er tot war?«

»Na, er lag da so unnatürlich und hat sich nicht bewegt.«

»Sie sind dann runtergegangen, nehme ich an?«

»Ja, wir konnten ja nicht ganz sicher sein und vielleicht hätte der Mann noch Hilfe gebraucht. Als wir ankamen, war aber klar, dass er nicht mehr lebt. Die Augen standen offen und dann das Loch in der Stirn ...«

»Haben Sie seinen Puls gefühlt? Sie oder Herr Andersen?«

»Oh nein!« Herbert Lühn machte große Augen.

»Warum nicht?«, fragte Gabriel.

»Ich weiß nicht, aber wenn wir ihn anfassen, sind da ja unsere Fingerabdrücke und so. Nachher werden wir noch verdächtigt. Aber das werden wir doch nicht, oder?«

»Nein, keine Sorge. Das hier ist nur eine reine Routinebefragung.«

Der Ingenieur seufzte erleichtert wie ein Dampfkessel.

»Sie haben demnach per Sichtdiagnose den Tod von Herrn Gensheimer festgestellt.«

»Ja, also vermutet.«

»Sie kannten den Toten also?«

»Wieso?«

»Ich nannte ihn *Herr Gensheimer,* und sie sagten *Ja.*«

»Er ist schließlich bekannt. Ich habe seine Fernsehshow öfter gesehen, *Recht des Gesetzes.* Ich konnte ihn eigentlich nicht so recht leiden, er kam immer ziemlich arrogant rüber, und ...« Gabriels Gegenüber stoppte sich selbst und schluckte. »Also ich habe ihn nicht gehasst, oder so.«

»Herr Lühn, machen Sie sich keine Sorgen. Sie sind zu diesem Zeitpunkt kein Verdächtiger. Wir sind wirklich nur daran interessiert, wie der Fund der Leiche vonstattengegangen ist. Das müssen wir im Protokoll festhalten. Ein ganz normaler Vorgang.«

»Gut, ja, natürlich.«

»Was haben Sie dann gemacht?«

»Fram und ich haben diskutiert, was wir am besten tun sollten. Er meinte, wir sollten direkt die Polizei rufen, also die Küstenwache.«

»Haben Sie hier im Büro Zugang zu der Funkanlage?«

»Ja, das wird alles zentral gesteuert über den Server da.« Lühn deutete auf einen großen Schrank mit Glastür, hinter dem Hunderte kleiner Lämpchen leuchteten. Gabriel machte sich eine geistige Notiz und wandte sich wieder dem Ingenieur zu. »Fram wollte schon anrufen, als ich mich daran erinnert habe, dass unter den Gästen für das Dinner ja auch der Generalstaatsanwalt ist, und unser Chef ist ein guter Freund von ihm.«

»Thomas Berger, meinen Sie?«

»Ja, genau.« Herbert Lühns Wangen wackelten wie bei einer Dogge, als er nickte. »Wir dachten, dass es vielleicht das Klügste wäre, erst ihm Bescheid zu geben, also dem Herrn

Generalstaatsanwalt. Der weiß dann ja schon am besten, was zu tun ist.«

»Und das haben Sie dann getan?«

»Ja. Ich habe auf seinem Zimmer angerufen. Wir haben hier ja die direkten Durchwahlen für Notfälle. Er ist drangegangen und hat sich alles angehört, dann ist er runtergekommen, hat kurz mit uns gesprochen und uns aufgetragen, niemandem davon zu erzählen, bis die Polizei eintrifft. Das haben wir dann auch getan. Wir sind hier im Büro geblieben.«

»Sehr gut.«

»Und jetzt sind Sie ja da. Sie haben sich übrigens noch gar nicht ausgewiesen!« Herbert Lühn runzelte mit plötzlichem Misstrauen die Stirn, die sich jedoch gleich wieder glättete, als Gabriel ihm seinen Dienstausweis zeigte.

»Sie haben sich vollkommen korrekt verhalten«, versicherte er dem Mann. »Ich würde sie vorerst bitten, noch hier im Büro zu bleiben.«

»Okay, ist gut. Was ist mit Fram?«

»Der wird gleich zu Ihnen zurückkehren, keine Sorge.« Gabriel stand auf, und der Stuhl, auf dem zuvor die halb so schwere Penny gesessen hatte, gab ein ächzendes Geräusch von sich, als würde er erleichtert seufzen. »Eine Frage hätte ich noch, nur aus Interesse: Machen Sie Ihre Pausen normalerweise hier im Büro?«

»Ja, wieso fragen Sie?« Lühn sah verwundert zu ihm auf.

»Das habe ich mir gedacht, schließlich tragen Sie Arbeitskleidung und hantieren mit Maschinen, Schmierstoffen und all so was. Nicht gerade das, was Ihr Chef in den auf Hochglanz polierten Räumlichkeiten seines Luxushotels sehen will, nehme ich an.«

»Richtig. Das hat er zwar nie gesagt, aber wir wissen, wie es läuft. Das Technikteam bleibt unsichtbar.«

»Aber am Anfang haben Sie gesagt, dass Sie Ihre Pause in

der Kantine gemacht haben. Damit meinen Sie wahrscheinlich den Speisesaal oben im Hotel?«, fragte Gabriel.

»Den kleinen, für die Angestellten, ja. Da essen normalerweise die Kellner und Köche«, erklärte Herbert Lühn. »Wir waren da, weil die Journalistin, Erika Hanno, uns interviewt hat. Danach haben wir noch eine Weile Frams Schlüsselkarte gesucht, die er ständig verbaselt.«

»Erika Hanno ist hier zu Gast?« Er schaffte es nicht, seine Überraschung zu verbergen.

»Ja. Unser Chef ist gut vernetzt.«

»Und das Interview ging wie lange?«

»Ich weiß es nicht mehr. Eine halbe Stunde oder so? Wir waren erst hier unten, dann an einigen Stellen im Hotel, wo wir alles erklärt haben, auch zu dem Umbau. Sie macht ja eine Story über das ganze Nordseetraum-Projekt. Beim gemeinsamen Essen hat sie dann noch weitere Fragen gestellt, musste aber irgendwann weg, weil sie einen Anruf bekommen hat.«

»Und dann sind Sie wieder hier heruntergekommen?«, fragte Gabriel.

»Ja, nachdem wir aufgegessen haben.«

»Und wie lange hat das gedauert?«

»Keine Ahnung, eine halbe Stunde vielleicht? Ist das wichtig?«

»Vielleicht, vielleicht nicht.« Gabriel stand auf. »Danke, Herr Lühn. Bitte bleiben Sie für weitere Fragen verfügbar.«

Wie aufs Stichwort klopfte es an der Tür und Merle steckte ihren Kopf hinein. Er nickte ihr zu, woraufhin sie Fram Andersen hereinließ und er zu ihr hinausging. Als sie sich über den Flur etwas entfernt hatten und sicherstellten, dass die Bürotür und die zum Treppenhaus geschlossen waren, erzählte er ihr in kurzen Stichpunkten, was Herbert Lühn ihm erzählt hatte.

»Das deckt sich genau mit den Aussagen von Fram Andersen«, bestätigte Merle. Ihre Lippen umspielte plötzlich ein feines Lächeln. »Ich habe ihn übrigens auch nicht auf das offene Fenster angesprochen.«

»Also ist es ihnen beiden nicht aufgefallen. Das würde dafür sprechen, dass sie tatsächlich nervös waren und noch sind.«

»Oder, dass sie es beide verbergen wollten. Warum auch immer.«

»Hätten sie es bemerkt«, sagte Gabriel, »hätte einer es dem anderen gesagt. Und wenn sie sich abgesprochen hätten und davon gewusst haben, hätten sie es mitgeteilt, in dem Wissen, dass es immer noch offen steht und uns auffallen müsste.«

»Die beiden waren es jedenfalls nicht«, stellte Merle fest.

»Nein, das glaube ich auch nicht. Aber ganz ausschließen können wir noch nichts.« Gehen wir zurück zu den anderen.

Sie kehrten in den Maschinenraum und das tiefe Wummern der Gasturbinen zurück. Der zähe Geruch nach Schmierstoffen und Ozon drängte sich sofort in seine Nase.

Schoki und Penny standen oben auf der Plattform und machten Fotos von dem Kran und etwas auf der anderen Seite. Unten kniete Claude noch immer neben der Leiche und vermaß offenbar gerade die Wunde auf der Stirn.

»Gibt's was Neues?«, fragte er seine beiden Kolleginnen, während er zu ergründen versuchte, was sie fotografierten.

»Siehst du diesen Bolzen drüben auf der Säule genau gegenüber?« Penny streckte einen Arm aus und deutete schräg nach unten, wo ein roter Bolzen aus der gelben Säule ragte, geformt wie ein Fingerhut.

»Den roten? Ja.«

»Der ist eigentlich nicht rot.« Sie zeigte auf denselben Bolzen auf der anderen Seite, etwa drei Meter entfernt. Er war schwarz.

Gabriel runzelte die Stirn, sah zu der Leiche hinab und dann wieder zu dem roten Fingerhut.

»Keine Schusswunde über der Nasenwurzel«, mutmaßte er.

»Claude konnte kein Projektil in dem Loch in Gensheimers Stirn entdecken«, erklärte seine Assistentin. »Auch keine Austrittswunde, also hätte sie zumindest Rückstände der Kugel finden müssen. Zwar ist sie nicht ganz sicher, weil sie dafür den Schädel öffnen müsste, aber die Größe des Bolzens passt zu der Stirnwunde.«

»Und das Ding ist blutrot verfärbt.« Er nickte und drehte sich um. »Es kommt zum Kampf, der Täter wickelt ihm die Metallkette um den Hals und schubst ihn.« Gabriel machte einen Schritt zurück, bis das Geländer ihn an der Hüfte aufhielt. Er deutete einen Sturz nach hinten an. »Dann fällt er nach hinten über, die Kette hält ihn auf halber Strecke ruckartig auf und lässt ihn mit Schwung nach vorne gleiten, wo er mit der Stirn genau gegen den Bolzen stößt, der den Knochen durchlägt. Er wird ohnmächtig, noch bevor das Ende der Kette durch sein Körpergewicht aus dem Haken gelöst wird und er nach unten stürzt. Durch eine leichte Gewichtsverlagerung zur Seite stürzt er mit dem rechten Arm und rechten Bein zuerst auf. Beide brechen, er klatscht auf den Metallboden und verblutet. Reicht das Blut dafür aus?«

»Claude schätzt, dass er ungefähr zwei Liter Blut verloren hat. Es ist schwer zu sagen, wegen der fortgeschrittenen Gerinnung. Aber sie hält es für möglich«, sagte Penny. »Aber er könnte auch wegen der Kette um seinen Hals erstickt sein. Mit ziemlicher Sicherheit ist er aber vorher bewusstlos gewesen.«

»Klingt plausibel«, meinte Merle. Sie hatte ihre Arme unter der Brust verschränkt und wirkte nachdenklich.

»Was?«, fragte er. »Raus damit.«

»Es klingt plausibel«, wiederholte sie. »Aber um mit Sicherheit argumentieren zu können, bräuchten mir Zeugenaussagen, DNA-Proben, forensische Analysen. Das wisst ihr genau wie wir. Bis dahin ist das nur eine indiziengestützte

Vermutung, die durch einen einzigen unbekannten Faktor in sich zusammenfallen könnte.«

»Das ist richtig. Allerdings haben wir kaum eine Alternative. Und bevor wir da hochgehen und die Gäste befragen, sollten wir zumindest eine Theorie haben, mit der wie sie einzeln konfrontieren können.« Er sah ihren besorgten Blick – denselben, mit dem auch Schoki und Penny ihn bedachten. »Wir müssen hier improvisieren. Vierundzwanzig Stunden, ihr habt es selbst gehört. Also gehen wir gleich da hoch und befragen die Gäste und Mitarbeiter ohne Rücksicht auf Verluste. Wenn ich entscheiden muss zwischen dem Fortbestehen unserer Einheit und ein paar gekränkten reichen Leuten, oder hochgezogenen Brauen im Polizeipräsidium, dann fällt mir das nicht sonderlich schwer. Wo ist eigentlich BBQ?«

»Eben hat er sich oben auf einem der Schränke versteckt und uns zugeguckt«, sagte Penny.

Gabriel griff in seine Jackentasche und holte die winzige Tupperschale mit dem frischen Ingwer heraus, was ausreichte, um das Frettchen innerhalb weniger Sekunden vor ihm Männchen machen zu lassen.

»Na, wer sagt's denn.« Er gab ihm ein daumennagelgroßes Stück, das BBQ mit den Pfötchen nahm und ratzfatz wegknabberte.

»Willst du ihn wirklich mit hochnehmen?«, fragte Merle.

»Nein, ich lasse ihn oben auf Deck 2 frei, dann schauen wir einfach mal, was er in den nächsten Stunden anschleppt. Meistens ist es nur Schrott, aber manchmal bringt er auch etwas zu Tage, das jemand versteckt halten wollte.« Gabriel wandte sich an Schoki und Penny. »Schoki, geh du bitte zu den beiden Technikern und sag ihnen, sie sollen dir die Funkanlage erklären. Sie ist voll digital gesteuert, so, wie ich es verstanden habe. Sobald du kannst, sorg dafür, dass sie nicht mehr funktioniert. Wie, ist mir ganz egal, solange du sie nicht zerstörst.«

»Geht klar.«

»Penny? Besorg dir eine Generalschlüsselkarte. Die Techniker werden eine für Notfälle haben. Dann durchsuch die Zimmer der Gäste.«

»Das ist …«

»… illegal?«, unterbrach er sie. »Dann solltest du dich lieber nicht erwischen lassen. Aber wir werden mehr brauchen als Worte, um das hier aufzuklären. Merle und ich übernehmen die Befragungen der Gäste.«

KAPITEL FÜNF

Erno Heinrichsen erwartete sie auf den Treppen zwischen Deck 2 und 3. Er trug denselben dunklen Zweireiher, den er schon am Hubschrauberlandeplatz angehabt hatte. Gabriel kam es vor, als wäre es bereits ein oder zwei Stunden her gewesen, dabei war nicht einmal eine halbe Stunde vergangen.

»Wie sieht es aus?«, fragte der Generalstaatsanwalt. »Sind Sie weitergekommen?«

»Darüber können wir leider keine Auskunft geben«, antwortete Merle.

Heinrichsen richtete sich etwas auf und bedachte sie mit einem finsteren Blick. »Muss ich Sie daran erinnern, dass ich Generalstaatsanwalt bin?«

»Erstens, das sind Sie in Schleswig-Holstein, das hier ist offiziell internationales Gewässer, wenn auch deutsche ausschließliche Wirtschaftszone«, belehrte sie ihn gelassen. »Zweitens haben Sie uns aufgetragen, den Tod von Martin Gensheimer aufzuklären. Da es hier nur wenige Mitarbeiter und noch weniger Gäste gibt – darunter *Sie* –, halten wir es nicht für sinnvoll, Sie in die laufende Ermittlung einzubinden.«

Sie sah zu Gabriel, und er nickte kaum merklich. Er konnte nur mit Mühe ein stolzes Lächeln über sein neuestes Teammitglied zurückhalten. Der Wegzug aus Pellworm in seine Sonderkommission hatte ihrem Schneid jedenfalls keinen Abbruch getan.

»Wollen Sie nichts dazu sagen?«, fragte Heinrichsen ihn.

»Doch: Sie hat recht.« Gabriel hob beschwichtigend die Hände. »Sie haben selbst gesagt, dass Sie Sorge hatten, Martin Gensheimer könnte Ihren Freund ruinieren.«

»Soll das heißen, dass ich ein *Motiv* habe?«

»Das hätten Sie, ja. Aber sehen Sie mal: Wir wollen Sie nicht als Verdächtigen hinstellen, sondern als denjenigen, der das Ganze hier aufgelöst hat. Das wird uns und Ihnen ziemlich schwerfallen, wenn in den Berichten steht, dass Sie von Anfang an eingebunden waren und die Ermittlungen deshalb in eine bestimmte Richtung gehen mussten, weil wir nicht jedes Blatt umgedreht haben. Verstehen Sie?«

»Sie wollen, dass ich unangreifbar bin.«

»Ja. Und da Sie hier nicht in Ihrer Funktion als oberster Staatsanwalt anwesend sind, sondern als Gast bei Ihrem Freund, würden Sie als befangen erklärt werden, und alles, was wir an Beweisen liefern, könnte bei einem Gerichtsverfahren als unzulässig verworfen werden, wegen Befangenheit Ihrerseits«, fuhr Gabriel fort, und Erno Heinrichsen nickte schließlich ergeben.

»Also gut. Das ist der richtige Weg«, sagte der Generalstaatsanwalt, als wäre das alles von Anfang an seine Idee gewesen. Er musterte sie beide und zuckte dann mit den Schultern. »Das wird wohl reichen müssen. Ich stelle Sie als meine Gäste vor, dann werde ich Ihnen der Reihe nach die Gäste von Thomas Berger vorstellen, damit Sie sie einordnen können, bevor Sie mit den Befragungen beginnen. Irgendwelche Einwände?«

Gabriel wechselte einen Blick mit Merle. Sie schüttelte den

Kopf. Dann wandte er sich wieder an Heinrichsen. »Nein, kann losgehen.«

»Wie machen wir das?«, fragte Merle ihn leise, während sie die mit einem schweren Brokatteppich bedeckten Treppenstufen, auf denen sich aristokratische aufgestickte Jagdszenen abspielten, hinaufgingen. »Guter Cop, böser Cop?«

»Wenn ich der gute Cop sein kann«, entgegnete er.

»Ich bin eins fünfundsiebzig groß, und du bist ein zwei Meter großer Muskelberg.«

»Dafür sehe ich gut aus und kann nicht mal mit einer Pistole umgehen«, gab er schelmisch zurück.

»Du hast Angst davor, eine zu benutzen. Das ist was ganz anderes.« Merle schnaubte.

»Wieso? Das zeigt doch nur, dass ich eine zarte Seite habe. Und so, wie du mich gerade rannimmst, bist du der geborene böse Cop.« Sie sah nicht überzeugt aus, also fügte er scherzhaft hinzu: »Eine hübsche blonde Nordfriesin wie dich wird niemand als den harten Knochen erwarten. Dann sind sie verunsichert.«

»Du findest mich hübsch?«, fragte sie.

»Ich habe dich auch einen *harten Knochen* genannt«, erinnerte er sie.

»Da habe ich schon nicht mehr zugehört. Hübsch also, was?«

»Zumindest hübscher als er.« Gabriel deutete auf Heinrichsens Rücken.

»Das habe ich gehört«, brummte der Generalstaatsanwalt und öffnete die Tür am Ende der Treppen, auf der in ein goldenes Schild ›Speisesaal‹ mit langen Serifen eingraviert war.

Der Raum dahinter war groß genug für eine kleine Hochzeitsgesellschaft mit viele langen Holztischen, deren Platten mit brüniertem Metall beschlagen waren. Die meisten von ihnen standen an den Wänden, nur ein einziger stand genau in der Mitte zwischen einigen Holzbalken, die wie Überbleibsel eines renovierten Fachwerkhauses aussahen. Auch die Felle auf dem Boden und die rustikalen, aber kunstvoll geschnitzten Stühle mit ihren hohen Lehnen passten zu dem luxuriösen Landhausstil. In einem großen offenen Kamin brannte ein Feuer, das den heimeligen Duft frischer Glut im Raum verteilte.

An dem langen Tisch saßen neun Personen – fünf Männer und vier Frauen. Sie alle waren teuer gekleidet mit Anzügen und Kleidern, und sie alle wandten ihre Köpfe zu ihnen dreien um, als sie hereintraten.

»Das ist er immer noch nicht«, rief eine der Damen vom Tisch – sie war hochgewachsen und trug ihr rabenschwarzes Haar zu einem mächtigen Dutt gesteckt. »Ich gehe ihn jetzt holen. Das sieht ihm gar nicht ähnlich.«

»Warten Sie einen Moment«, sagte Erno Heinrichsen, während sie auf den Tisch zugingen. »Wir haben noch etwas Zeit, denn ich würde Ihnen ohnehin gerne meine Begleitungen vorstellen, die gerade erst eingetroffen sind. Das sind Gabriel Behrens und Merle Winter, äußerst geschätzte Kollegen von mir, die sicher gut in diese illustre Runde passen werden.«

Der Mann am hinteren Kopfende des Tisches – Gabriel vermutete, dass es sich bei dem fülligen Mann mit dem zurückweichenden Haaransatz um Thomas Berger handelte – runzelte die Stirn, lächelte dann jedoch und klingelte mit einem kleinen Glöckchen. Kurz darauf kam eine gut aussehende junge Frau im schwarz-weißen Hosenanzug herein.

»Pheline, Liebes, sei doch bitte so nett und organisiere uns zwei weitere Stühle und Geschirrgarnituren, ja?«, bat Berger die Kellnerin.

»Sehr gern.« Sie deutete eine Verneigung an und begann ihren Auftrag umzusetzen.

Zwei Bedienstete kamen kurz darauf wie aus dem Nichts mit zwei Stühlen herbei, auf denen Gabriel und Merle sich rechts und links von Erno Heinrichsen niederließen und in die Runde nickten.

»Wundervoll.« Der Gastgeber klatschte in die fleischigen Hände. »Wo wir jetzt alle versammelt sind, würde ich Sie gern alle einmal vorstellen.«

»Ich würde noch auf meinen Mann warten«, warf die schwarzhaarige Frau ein, die Gabriel meinte, als Sarah Gensheimer identifiziert zu haben.

Bergers Mundwinkel zuckten kurz, dann lächelte er wieder geschäftsmäßig. »Er ist sicher in seinem Büro und führt noch ein paar Telefonate. Ja. Ihr Ehemann kennt ohnehin die meisten der hier Anwesenden, insofern erspare ich ihm wohl lediglich eine gewisse Langeweile. So, wie ich ihn erlebe, gibt es wenig, das er mehr verachtet.«

Gensheimers Frau verzog das Gesicht, sagte jedoch nichts.

»Also gut. Erst einmal vielen Dank, dass Sie alle dem Ruf meiner Frau und mir gefolgt sind.« Der betagte Hotelier streckte eine Hand nach links aus und wartete, bis eine Dame, die etwas jünger war als er, diese ergriff und die Runde mit einem einnehmenden Lächeln bedachte. Sie trug ein Kleid, das es schaffte, sowohl pragmatisch-minimalistisch, als auch teuer auszusehen. »Als meine Katrin die Geschäftsführung von Berger&Benelli übernommen hat, war die Idee vom Nordseetraum noch genau das – eine Idee. Jetzt sitzen wir mitten in diesem Traum, und ich bin äußerst stolz darauf, Sie, meine lieben Gäste, bei diesem exklusiven Treffen vor der Eröffnung des exklusivsten Hotels Deutschlands – vielleicht Europas – begrüßen zu können. Vorab möchte ich sagen, dass der Weg hierher nicht leicht war, aber jeder Schritt hat sich gelohnt, wenn in einer Woche die ersten Gäste eintreffen.«

Gabriel beobachtete den Gastgeber und seine Frau mehr, als dass er seinen Worten folgte. Thomas Berger sah aus wie ein gutherziger Mann, mit warmem Blick, fleischigen Wangen, auf denen sich tiefe Grübchen bildeten, wenn er lächelte. Seine

Frau, Katrin Berger, war mindestens zehn Jahre jünger, machte aber ebenfalls einen freundlichen Eindruck. Auch ihre gute Ausstrahlung konnte jedoch nicht darüber hinwegtäuschen, dass das Ehepaar eine angespannte Körpersprache zeigte. Es waren Kleinigkeiten: hier Finger, die aneinanderrieben, da eine hochgezogene Schulter oder ein flüchtiger Seitenblick, wie der eines aufgescheuchten Pferdes.

»Für die kleine Gästeliste heute Abend, haben wir uns im Vorfeld viele Gedanken gemacht. Ich freue mich, dass Konstantin Woljow unserem Ruf gefolgt ist.« Thomas Berger deutete auf einen Mann Mitte fünfzig, der einen kurzrasierten Haarkranz um eine glänzende Glatze trug. Seine Augen waren wässrig und standen etwas vor, die Haut am Kinn hing schlaff herab, trotz seines mittleren Alters, und vor seinem kräftigen Rumpf spannte sich ein stattlicher Bauch. Seinen Gesichtszügen und dem Namen nach zu urteilen, tippte Gabriel auf Osteuropa oder Russland. »Wir wissen, dass er infolge des Ukrainekrieges und seiner Flucht ins Exil nach Europa eine schwierige Zeit gehabt hat, aber ich kenne niemanden, der allen Widrigkeiten zum Trotz immer wieder aufsteht und alles vergoldet, was er anfasst.«

Woljow senkte leicht den Kopf bei den freundlichen Worten und lehnte sich zurück. Gabriel fiel auf, dass er dabei immer wieder zu einer blonden Frau mit mächtigem Zopf sah, die ihm schräg gegenüber saß, attraktiv und in etwa in seinem Alter. Doch es lag kein Begehren in seinem Blick, eher ein abschätzendes Taxieren.

»Unsere Hotelmanagerin, Angela Friedrichsen«, ging Berger zum nächsten Gast über – oder besser gesagt: zur nächsten Mitarbeiterin –, einer schlanken Mittvierzigerin im Hosenanzug, die aussah, als fiele es ihr schwer, still zu sitzen. »Fünf Jahre Steigenberger, sechs Jahre Hilton, zwölf Jahre Ritz-Carlton – und jetzt ist sie bei uns. Sie ist das Meisterstück unserer Personalabteilung, wenn ich das so sagen darf.«

»Dürfen Sie«, sagte Friedrichsen. »So oft sie wollen.«

Verhaltenes Gelächter am Tisch.

»Erika Hanno«, ging Thomas Berger zum nächsten Gast über, einer kleinen Frau mit kurzem Haar und roter Brille auf der Nase, »muss ich Ihnen wohl kaum vorstellen. Wenn es den Begriff der Starjournalistin noch nicht geben würde, müsste man ihn für sie erfinden. Jedes Blatt reißt sich um ihre rechercheintensiven Stories und sie hat sich bereit erklärt, eine über unser Hotel und seine Entstehung zu verfassen. Danke, dass Sie hier sind.«

»Danken Sie mir erst, wenn sie den Artikel gelesen haben«, meinte Hanno und lächelte angespannt. Sie wirkte verkniffen und abwesend, als würde sie ihre Story bereits in Gedanken vorschreiben. Der Gastgeber blinzelte kurz, als er einzuschätzen versuchte, wie er die schroffen Worte verstehen sollte, da fügte die Journalistin lapidar hinzu: »Ein Scherz!«

»Ah.« Berger lächelte erleichtert und tat pantomimisch, als würde er sich Schweiß von der Stirn wischen. »Äh, gut, dann hätten wir meinen guten Freund aus Schultagen, Erno Heinrichsen, den Generalstaatsanwalt Schleswig-Holsteins.«

Gabriels und Merles Vorgesetzter, der eigentlich nicht ihr Vorgesetzter war (es war kompliziert), hob grüßend eine Hand und nickte beiden Seiten des Tisches vom Kopfende zu.

»Damals auf dem Gymnasium in Kiel hat er in der 7. Klasse als frisch gewählter Klassensprecher das Klassenbuch mit einem ganzen Regelkatalog für das kommende Schuljahr vollgeschrieben«, erzählte Berger und seine unterdrückte Bedrückung verflüchtigte sich für einen kurzen Augenblick und wich einem ehrlichen Lächeln. »Achtzig Seiten, wie er sich einen gelungenen Schulalltag vorstellt. Da wusste ich schon, dass er Jurist wird und zwar ganz oben.«

»Herr Schäfer hat mir einen Strich durch die Rechnung gemacht und einen Zusatzpassus eingefügt, der ihn als übergeordnete Judikativinstanz festlegt«, sagte Heinrichsen. »Mein erster verlorener Rechtsstreit, könnte man sagen.« Der Generalstaatsanwalt schmunzelte – eine Regung, von der Gabriel nicht gedacht hätte, dass der Mann überhaupt dazu fähig war. »Und mein letzter!«

»Ehre, wem Ehre gebührt. Deine Begleiter ...«

»Die stellen sich gleich selbst vor, wenn wir mit deinen Gästen durch sind.«

»Äh, gut.« Thomas Berger deutete auf den Mann in der Runde, der tatsächlich für niemanden ein Unbekannter war. Er war etwa in Gabriels Alter, Ende dreißig, auf eine sanfte Art und Weise gut aussehend und trug das rötliche Haar nach hinten gekämmt und an den Schläfen ausrasiert. Sein Markenzeichen. »Markus Fehl. Markus, ich bin stolz, dein Freund zu sein und dankbar, dass du meiner Einladung hierher gefolgt bist. Mit deinen Liedern füllst du normalerweise die Stadien Deutschlands, heute bist du hier, um unseren Gästen das kleinste Privatkonzert zu geben. Ich denke, dass ich für jeden hier im Raum spreche, wenn ich sage: Wir fühlen uns geehrt. *Ich* fühle mich geehrt und werde das nicht vergessen.«

»Klar doch«, sagte Fehl lapidar und wischte die warmen Worte mit einer beiläufigen Geste fort.

»Naatu Patel«, fuhr Berger fort und deutete auf einen offenbar aus Indien oder Pakistan stammenden Mann mit Föhnfrisur und Schnurrbart, der neben dem Sänger saß und einen weißen Anzug mit Goldsäumen trug, »ist den ganzen Weg aus Indien hergekommen, um diesen Abend mit uns zu begehen. Er ist ein großer Tech-Unternehmer vom indischen Subkontinent und möchte in Europa investieren. Ich würde sagen: Sie sind an den richtigen Ort gekommen, Herr Patel.«

»Danke, Herr Berger«, sagte Patel mit starkem Akzent und faltete die Hände vor der Brust. »Es ist mir eine Ehre, und ich bedanke mich für die Einladung.«

»Ludmilla Tschernanskaja.« Thomas Berger wandte sich an die attraktive Mittvierzigerin mit dem mächtigen Zopf, die im Zentrum des Interesses von Konstantin Woljow, dem ehemaligen russischen Oligarchen, zu stehen schien. »Sie lebt seit fünf Jahren bei uns und hat sich längst einen Namen als Immobilieninvestorin gemacht. Wir haben uns damals am Rande des G20-Gipfels kennengelernt, der in unserer Alpenresidenz stattgefunden hat. Seither haben wir immer wieder über mögliche gemeinsame Projekte besprochen – vielleicht klappt es ja diesmal endlich.«

»Wir werden sehen. Aber bislang träume ich ihn gerne, diesen Nordseetraum«, erwiderte Tschernanskaja gedehnt, als müsse sie jedes Wort gründlich konstruieren, um einen Satz daraus zu bilden.

»Und zu guter Letzt Sarah Gensheimer«, sagte Berger, nachdem er der Investorin ein gewinnendes Lächeln zugeworfen hatte, und wandte sich an die schwarzhaarige Frau des Toten, der zwei Decks unter ihnen auf dem schmutzigen Boden des Maschinenraums lag.

Mitgefühl machte sich in Gabriel breit, legte sich in seinen Magen wie eine Giftschlange. Bald würde sie erfahren, was geschehen war, und er konnte nichts tun, um sie vor diesem Schmerz zu bewahren.

»Ich habe Sie und Ihren Mann eingeladen, um ein altes Kriegsbeil zu begraben. Ich werde älter, und je mehr Jahre ich auf dem Rücken habe, desto sicherer bin ich mir, dass es verschwendete Lebenszeit ist, an alten Fehden festzuhalten. Es ist weniger anstrengend, sich gegenseitig den Weg freizuhalten, als Steine hineinzulegen.«

Als der Gastgeber geendet hatte, nickte Heinrichsen Gabriel zu, woraufhin er aufstand. Er konnte nur hoffen, dass Schoki mittlerweile bei der Sabotage der Funkanlage Erfolg gehabt hatte. Merle tat es ihm gleich und erhob sich ebenfalls. Wie auf ein Kommando richteten sich sämtliche Blicke auf sie. In ihnen lag hauptsächlich Verwunderung.

»Dann sind wir wohl an der Reihe. Ich bin Hauptkommissar Gabriel Behrens von der Kriminalpolizei, LKA Niedersachsen, und das«, er deutete auf Merle, »ist Oberkommissarin Merle Winter vom LKA Schleswig-Holstein.«

Gemurmel breitete sich am Tisch aus, wo Mienen eben noch entspannt oder zumindest gelassen gewesen waren, zeigten sie jetzt Sorge. Tschernanskaja und Woljow blieben am ruhigsten, während alle anderen sich unwillkürlich aufrichteten und den typisch starren Blick in den Augen hatten, den er in seiner Laufbahn bei jedem gesehen hatte, der unverhofften Besuch von der Kripo bekam.

»Wir sind hier, weil einer Ihrer Gäste«, Gabriel deutete in Thomas Bergers Richtung, »Martin Gensheimer möglicherweise Opfer eines Tötungsdelikts geworden ist. Ich möchte Sie darum bitten, unseren Anweisungen Folge zu leisten, damit wir unsere Arbeit machen können.«

Er wartete ab, während die Gäste nach Luft schnappten und zu Tuscheln begannen. Lediglich Sarah Gensheimer war erstarrt und zeigte keinerlei Regung.

»Wir werden Sie gleich einzeln auf Ihre Zimmer bringen, wo wir Sie bitten, so lange zu bleiben, bis wir unsere Befragungen abgeschlossen haben«, schaltete sich Merle ein. »Das dient zu Ihrer eigenen Sicherheit. Wir wissen nicht, wer für das Tötungsdelikt verantwortlich ist, und wir können nicht ausschließen, dass der Täter weiterhin gewaltbereit ist.«

KAPITEL 6
THOMAS BERGER

Das Chaos war in etwa so groß, wie Gabriel es sich vorgestellt hatte. Tschernanskaja und Woljow diskutierten wild auf Russisch über den Tisch hinweg, offenbar nicht besonders freundlich – vielleicht lag es aber auch nur am harschen Klang der russischen Phonetik. Berger war auf seinem Stuhl zurückgesunken und starrte entgeistert die Tischplatte an, während seine Frau seinen Arm tätschelte und auf ihn einredete. Erika Hanno beobachtete alles, machte sich aber keine Notizen, wie Gabriel es von einer Journalistin fast erwartet hätte. Die Geschäftsführerin des Hotels, Angela Friedrichsen, starrte zu dem indischen Investor, Naatu Patel, der seltsam irritiert wirkte und sich am Tisch umsah, als wäre er Alice, die gerade in den Kaninchenbau gefallen war. Markus Fehl hingegen war vollkommen blass geworden und sah immer wieder aus den Augenwinkeln in Richtung der Tür, durch die die Kellnerin hereingekommen war, als male er sich eine Fluchtroute aus.

»Geben wir ihnen einen Moment«, sagte Gabriel leise zu Merle, nachdem er sich neben sie gestellt hatte. »Was machst du hier draus?«

»Eine Investorenrunde. Drei Investoren aus drei Ländern

an einem Tisch. Eine Journalistin und ein Starsänger, damit Berger Eindruck schinden kann«, fasste Merle zusammen. »Er braucht ganz offensichtlich Geld für seinen ›Nordseetraum‹.«

»Mhm«, stimmte er ihr zu. »Vielleicht sollten wir sie doch nicht auf ihre Zimmer lassen. Penny war noch nicht hier, also ist sie noch dabei, die Quartiere zu durchsuchen.« Gabriel holte den Lageplan heraus, den Heinrichsen ihnen gegeben hatte, und deutete auf einen Flur mit acht sehr kleinen Doppelzimmern auf Deck 2. »Das sind die Unterkünfte der Mitarbeiter, schätze ich. Da können wir sie separieren, ohne Sorge haben zu müssen, dass sie Beweise wegschaffen oder sonst wie auf dumme Gedanken kommen. Was denkst du?«

»Macht Sinn. Den Flur können wir auch gut überwachen, weil es nur einen Notausgang nach draußen und die eine Tür zum zentralen Korridor mit den Fahrstühlen gibt.«

»Also gut, dann machen wir es so. Wir bringen sie runter, jeden in ein eigenes Zimmer – inklusive Heinrichsen – und dann beginnen wir mit den Befragungen. Wenn Schoki es hinbekommen hat, als Einzige noch eine Internetverbindung zu haben, dann sollte sie sich im Zentralkorridor breitmachen, damit wir schnell Informationen mit ihr tauschen können. Und Penny soll sich dort ebenfalls bereithalten, falls sie etwas gefunden hat.«

»Bringen wir die Gäste erst mal gemeinsam runter, dann kümmere ich mich darum.« Als Gabriel nickte und die Stimme erheben wollte, hielt sie ihn am Arm zurück. »Was hältst du davon, wenn wir sie zunächst eine Stunde schmoren lassen?«

Er dachte darüber nach. Der Zeitdruck war hoch und eine Stunde nichts zu tun, kam ihm kontraintuitiv vor. Trotzdem stimmte er seiner Kollegin zu. Eine Stunde, in denen die Gedanken der möglichen Täter Zeit hatten zu kreisen und

Sorgen aufzubauen, könnten ironischerweise genau das sein, was sie brauchten, um das Ganze zu beschleunigen.

»So machen wir's, gute Idee.«

Das erste Gespräch führten sie mit Thomas Berger – vor Ablauf der Stunde. Auch wenn der Gastgeber grundsätzlich als Täter infrage kam, galt immer noch die Unschuldsvermutung, und dieser Mann war immerhin Eigentümer dieser ehemaligen Bohrinsel.

Er saß auf einem der beiden Betten und starrte aus dem einzigen Bullauge nach draußen, als Gabriel und Merle hereinkamen.

»Tut mir leid, dass Sie warten mussten«, sagte Gabriel und nahm ihm gegenüber Platz, nachdem er sich mit seiner Kollegin geeinigt hatte, wer wo sitzen würde.

»Ich kann es noch gar nicht glauben«, entgegnete Thomas Berger schleppend und verbarg das Gesicht in seinen Händen. Seine nächsten Worte waren kaum zu hören hinter den Fingern. »Das ist eine Katastrophe. Wie konnte das nur passieren?«

»Um das herauszufinden, sind wir hergekommen«, versicherte Gabriel ihm. »Keine Sorge, wir werden der Sache auf den Grund gehen und mit etwas Glück wird sie geklärt und der Täter gefunden sein, bevor es an die große Glocke gehängt wird.«

»Aber das können Sie doch gar nicht verhindern. Die Medien werden sich darauf stürzen wie die Aasgeier – und die arme Sarah Gensheimer.«

»Medien stürzen sich üblicherweise auf längere Fälle, sie suchen das Unbekannte, die Gefahr. Aber nicht etwas, das schon aufgeklärt ist, wenn es an die Öffentlichkeit kommt.«

»Wir haben wenig Zeit«, fuhr Merle ihm dazwischen und wandte sich direkt an den alten Hotelier. »Wir haben einige

Fragen an Sie, Herr Berger. Je ehrlicher und gewissenhafter Sie antworten, desto eher ist das alles für sie vorüber.«

Ihr Gegenüber nahm die Hände herunter und schluckte vor Anspannung. »Bin ich etwa ein Verdächtiger?«

»Das werden wir sehen«, entgegnete sie knapp. »Sie haben in Ihrer Vorstellungsrunde angedeutet, dass Sie und Herr Gensheimer sich nicht unbedingt gut verstanden haben. Was haben Sie damit gemeint?«

»Ich kannte ihn noch nicht sehr lange. Gut, aus dem Fernsehen, da fand ich ihn furchtbar, aber nicht persönlich. Bis zu einem gemeinsamen Essen in Düsseldorf vor etwa vier Jahren, bei dem ich ihm angeboten habe, die Rechtsvertretung für das Projekt ›Nordseetraum‹ zu übernehmen«, erklärte Berger und begann unruhig mit seinen Händen zu spielen. Entweder er war ein miserabler Pokerspieler oder ein ganz besonders guter.

»Er hat abgelehnt, nehme ich an?«, fragte Gabriel sanft.

»Ja, er hat sich erst die Details der Finanzierung, der Darlehen und der Struktur der hinterlegten Sicherheiten angehört. Danach wollte er noch wissen, wie die Baugenehmigungen zustande kamen. Und dann hat er abgelehnt.« Berger war anzusehen, dass er über den Hergang des gemeinsamen Essens mit dem verstorbenen Staranwalt noch immer alles andere als glücklich war.

»Sie haben sich das Gespräch aber als Beratungsgespräch abzeichnen lassen, oder?«

Der Hotelier nickte. »Selbstverständlich. Deshalb habe ich mir auch nichts dabei gedacht. Aber einer meiner Kontakte beim Bauministerium hat daraufhin dicht gemacht und nicht mehr auf meine Anrufe geantwortet.«

»Warum sollte er das tun?«, fragte Merle.

»Sie wissen ja, wie das ist …«

»Nein, weiß ich nicht. Erklären Sie es mir bitte.«

Berger rutschte auf der Bettkante vor und zurück. »Die

meisten Baugenehmigungen im großen Stil benötigen politische Verbündete in der Landespolitik oder in Berlin. Ohne den direkten Draht nach oben geht da gar nichts. Da versackt sonst nur alles in der Kommunalbürokratie. Ganz normal.«

»Warum sind Sie dann so unruhig?«

»Normalerweise redet man nicht darüber, das ist alles. Aber da solche großen Projekte viele Arbeitsplätze bringen, macht es schon Sinn, dass Unternehmer und Politiker diskutieren, was das Beste ist«, versicherte Berger ihr.

»Brauchten Sie Unterstützung für das Projekt? Immerhin gehörte diese Plattform bis zum Beginn Ihres Umbaus Energon, richtig?«, fragte Gabriel.

»Ja, die habe ich gebraucht, weil wir wenig Zeit hatten. Hätten wir ein Jahr länger warten müssen, dann wären wir vielleicht pleite gewesen.«

»Ich verstehe.«

»Sie hatten Martin Gensheimer im Verdacht, Ihren Kontakt beim Ministerium angesprochen zu haben, nehme ich an«, schaltete Merle sich wieder ein.

»Natürlich. Niemand sonst wusste davon. Er hat das Anwaltsgeheimnis gebrochen, wer weiß wofür. Aber wie soll man einen Rechtsanwalt von seinem Ruf und seinem Netzwerk dafür rankriegen?« Thomas Bergers Augenbrauen zogen sich zusammen wie heraufziehende Gewitterwolken.

»Warum haben Sie ihn dann hierher eingeladen?«

»Ich wollte ihm ein Friedensangebot machen. Jetzt, wo er sehen kann, dass das Projekt erfolgreich war, an das er damals nicht glauben wollte, hätte es ja sein können, dass er seine Meinung ändert.«

»Das verstehe ich nicht«, sagte Merle. »Ich dachte, dass Sie ihn verdächtigt haben, das Anwaltsgeheimnis gebrochen zu haben. Sie müssten ihn doch hassen.«

»Hassen ist ein sehr starkes Wort. Damit kommt man in

der Geschäftswelt nicht weit. Schon gar nicht im Immobilienwesen.«

»Sie brauchen Geld«, meinte Gabriel und die Geschwindigkeit, mit der Berger den Blick hob und ihn fixierte, zeigte ihm, dass er ins Schwarze getroffen hatte.

»Was? Wie kommen Sie darauf?«

»Heute Abend sind drei Investoren anwesend, dazu Deutschlands renommierteste Journalistin für komplexe Recherchen, einer der berühmtesten Sänger und ein Generalstaatsanwalt«, zählte Gabriel auf. »Für mich sieht das aus wie Namedropping vom Feinsten. Sie laden drei potenzielle Geldgeber ein, zeigen Ihnen, dass das Hotel fertig ist und was für einflussreiche Freunde Sie haben und dann öffnen sie ihre Portemonnaies, um die Anschlussfinanzierung zu gewährleisten. In Zeiten von Krieg, Inflation und schwierigen Lieferketten sitzt das Geld nicht mehr so locker bei den Hotelgästen. Also brauchen Sie Flüssiges, um die kommenden ein oder zwei Jahre zu überbrücken, die Sie damals bei Projektbeginn nicht hätten vorhersehen können.«

»Und ein Staranwalt, der Ihnen dazwischenfunkt, wäre das Letzte, was Sie in dieser Lage hätten gebrauchen können. Erno Heinrichsen ist Ihr Aushängeschild für Ihre Kontakte in die Judikative des Landes, aber Martin Gensheimer wäre das für die private Juristerei«, schlug Merle in dieselbe Kerbe. »Gewieft.«

»Nein, das ist nur ganz normales Fundraising«, behauptete Thomas Berger.

»Aber womit wollten Sie ihn ködern, um bei dieser Sache mitzuspielen? Was für einen Grund sollte er haben, jetzt doch noch umzuschwenken?«

»Ich weiß es nicht. Darum habe ich ihn eingeladen. Ich wollte ihm zeigen, dass er sich geirrt hat, als er nicht an mich und das Projekt geglaubt hat. Ich meine mit all diesen Gästen musste er es einfach sehen.«

»*Das* war Ihre Strategie?«, fragte Merle ungläubig.

»In zwei Wochen ist Eröffnung. Es ist nicht gerade so, als hätte ich viel Zeit gehabt. Mir wäre im Laufe des Abends schon etwas eingefallen.«

»Letzte Frage fürs Erste, Herr Berger«, sagte Gabriel. »Wo waren Sie zum Tatzeitpunkt, vor etwa zwei Stunden?«

Thomas Berger überlegte. »Da müsste ich in meinem Büro gewesen sein.«

»*Müsste*?«

»Ganz sicher. Ich habe ein wichtiges Telefonat geführt.«

»Mit wem?«, hakte Merle nach.

»Mit einem Kontakt im Kanzleramt. Mehr sage ich dazu nicht, denn das geht Sie nichts an, denke ich, und es hat nichts mit diesem Fall zu tun.«

»Eine Frage stellt sich mir doch noch«, meinte Gabriel und hob seinen Stift, mit dem er sich Notizen gemacht hatte. »Sie haben anfangs gesagt, dass Sie Gensheimer im Fernsehen furchtbar fanden. Warum haben Sie ihn dann kontaktiert?«

»Sie wissen es nicht? Meine Tochter Pheline war vor langer Zeit kurzzeitig bei ihm angestellt«, sagte Thomas Berger.

»Angestellt? Als was?«

»Als Auszubildende. Sie wollte immer Rechtsanwältin werden, hatte aber Wartesemester abzusitzen, wegen ihres Numerus Clausus. Also wollte sie in der Zeit eine Ausbildung zur Rechtsanwaltsgehilfin machen.«

»Aber nur kurzzeitig, sagten Sie?«, hakte er nach.

»Ja. Sie hat nach einem Jahr abgebrochen und gesagt, dass ihr die Juristerei doch nicht zusagt. Ich war zwar überrascht, aber froh, wie Sie sich vorstellen konnten«, erwiderte Berger.

»Warum froh?«

»Na, weil sie meinte, dass Sie in die Hotelbranche geht. Sie hat dann auf Hotelmanagement umgesattelt. Wieder mit einer Ausbildung, und damit ist sie bis heute glücklich. Sie studiert sogar wieder an einer Fernuni. Warum spielt das überhaupt eine Rolle?«

»Nur aus Interesse«, sagte Merle. »Sie hat Ihnen damals vermutlich gesagt, wie gut er ist und Ihnen irgendeinen Kontakt in der Kanzlei gegeben, um das gemeinsame Essen in Düsseldorf vor vier Jahren einzufädeln?«

»Ja, genau.«

»Nun gut.« Sie erhob sich, und Gabriel tat es ihr gleich. »Das wäre es dann erst mal. Bleiben Sie bitte hier, zu Ihrer eigenen Sicherheit.«

KAPITEL 7
SARAH GENSHEIMER

»Was denkst du?«, fragte Gabriel, als sie zurück auf dem Flur der Mitarbeiterunterkünfte waren.

»Schwer zu sagen. Wenn ich Geld wetten müsste, würde ich darauf setzen, dass er uns etwas verschweigt. Seine Begründung für die Einladung Martin Gensheimers ist dünn wie Pauspapier. Und er war ziemlich nervös«, antwortete Merle.

»Nicht verwunderlich, wenn gerade bei einem wichtigen Investorentermin eine Leiche aufgetaucht ist, meinst du nicht?«

»Schon, ja«, gab sie zu, als Penny um die Ecke lugte und sie zu sich winkte. Sie wartete im Korridor auf sie, wo sich die beiden Fahrstuhlkabinen und die Treppen befanden. Vier exotische Topfpflanzen standen an der Wand aufgereiht, ihre Töpfe noch in Plastikfolie eingewickelt.

»Hast du was?« Gabriel deutete auf die Akte in ihren Händen.

»Das könnte man so sagen. Ich glaube, ich habe herausgefunden, warum Martin Gensheimer hier war«, sagte Penny und streckte ihm die Akte entgegen.

Gabriel und Merle warfen sich einen kurzen Blick zu.

»Was?« Penny runzelte die Stirn. »Habe ich was verpasst?«

»Nein.« Er schüttelte den Kopf und nahm das fingerdicke Schriftstück entgegen. »Dein Timing könnte nur kaum besser sein. Wir haben gerade mit Thomas Berger geredet und bei seiner Story fehlte ein plausibler Grund dafür, warum er den Staranwalt hätte einladen sollen.«

»Oder«, warf Merle ein, »wieso Gensheimer einer Einladung überhaupt nachgekommen ist.«

Gabriel überflog den Inhalt der Akte, und seine Augen wurden dabei immer größer. So schnell er konnte, las er die ersten Seiten und sah dann auf.

»Was?«, fragte seine Kollegin ungeduldig.

»Das hier ist eine Anzeigeschrift mit ziemlich langem Anhang.« Er klopfte auf den Karton in seiner Hand.

»Eine Anzeige? Was für …« Merle stockte und ihre Augen weiteten sich. »Sag mir nicht, er ist hergekommen, um Thomas Berger eine Anzeige von Energon zu überreichen.«

»Sieht ganz danach aus. Die Energon AG ist der Ankläger, vertreten durch Dr. Martin Gensheimer. Im Anhang befinden sich die Aussagen mehrerer Mitarbeiter von Berger&Benelli, und von dem, was ich auf die Schnelle gesehen habe, dürften in der Akte sämtliche Informationen stecken, die Gensheimer von Thomas Berger erfahren hat, als sie vor einigen Jahren dieses Essen in Düsseldorf hatten.«

»Damit würde er sich aber strafbar machen, da sie aus einem vertraulichen Gespräch stammen, was er selbst unterzeichnet hat, wenn Berger nicht gelogen haben sollte.«

»Das ist richtig, aber nichts hat Gensheimer daran gehindert, Gespräche mit den richtigen Personen zu führen, ihnen vielleicht Geld anzubieten von Energon, oder was auch immer. Einige sind vielleicht nicht mehr bei Berger&Benelli gewesen und hatten sich mit Berger überworfen – wer weiß? Er wusste, wo er bohren musste, um die Informationen schwarz auf weiß zu bekommen, von denen er wusste, dass sie da waren.«

»Satan! Das ist ziemlich gewieft«, meinte Merle.

»Hinterhältig ist das.«

»Scheint, als könntet ihr die Info gebrauchen«, sagte Penny. »Welche Unterkunft soll ich mir als Nächstes vornehmen?«

»Die von Katrin Berger?« Gabriel sah fragend zu Merle, und sie nickte.

»Gut. Dann schaue ich mich da mal um.«

»Was ist mit BBQ?«

Penny lächelte. »Was denkst du, wer diese Akte gefunden hat?«

»Mein fleißiges Frettchen!«

»Nein, sie lag auf dem Tisch. BBQ hat bloß Gensheimers Ersatzschuhe angeknabbert.«

»Seine Zeit wird noch kommen.«

»Klar.« Penny verließ sie in Richtung der anderen Seite des Decks, wo sich die Suiten befanden.

»Das macht irgendwie keinen Sinn«, sagte Merle, als sie wieder allein in dem großen Korridor standen. »Thomas Gensheimer lädt ausgerechnet den Anwalt, der sein Vertrauen gebrochen und ihn abgewiesen hat, zu seinem wichtigsten Termin der letzten Jahre ein. Der sagt dann zu, lässt sich herfliegen, nur um ihm persönlich eine Anzeigeschrift mit riesigem Anhang zu übergeben?«

»Vielleicht eine Vendetta? Wer weiß, möglicherweise sind die beiden noch verfeindeter, als Berger uns verraten wollte. Aber selbst dann hätte Gensheimer das Papierstück auch per Post oder Fax schicken können. Warum die Mühe, sich hierher zu begeben?«

»Um die Bombe im richtigen Moment platzen zu lassen. Wenn er wusste, dass es sich um ein Fundraising handelte, hätte er einfach nur am Tisch sitzen und Berger im Glauben lassen müssen, dass er interessiert ist. Wenn die Geldgeber ihre Portemonnaies öffnen, knallt er die Akte auf den Tisch und sagt: *Du bist erledigt.* Investoren hassen es, in fallende Messer zu greifen, also sind die Geldbörsen wieder zu. Gensheimer gewinnt doppelt: keine Anschlussfinanzierung für das Hotel, plus ein langer Rechtsstreit mit großem öffentlichen Interesse – Gensheimers Spezialität.«

»Das würde Sinn ergeben.«

»Ja, tut es aber nicht«, sagte Merle, öffnete die Akte und blätterte bis zur letzten Seite. Als sie sie gefunden hatte, hielt sie das Papier so, dass er es sehen konnte. Es war unterschrieben von Energon, aber nicht von Martin Gensheimer. Das Feld war leer, genau wie jenes für Datum und Ort der Unterschrift.

»Hm«, machte Gabriel und nahm die Akte an sich, weil er nicht glauben konnte, was er sah. »Nur ein Drohmittel, die ganze Anzeige?«

»Vielleicht. Mir fällt jedenfalls kein anderer Grund dafür ein, warum er nicht unterschreiben sollte.«

»*Gib mir was ich will, sonst unterschreibe ich das hier und du bist erledigt*«, sagte Gabriel mit verstellter Stimme. »Wenn das wirklich so gewesen sein sollte, hätte Thomas Berger ein überaus starkes Motiv. Erpressung durch einen alten Feind, der sein Vertrauen – und wenn nicht Gesetze gebrochen, sie doch wenigstens windig umgangen – gebrochen hat und droht, seinem Herzensprojekt den Stecker zu ziehen. Ohne Gensheimer und diese Akte müsste Energon einen neuen Anwalt von ähnlichem Kaliber finden, der eine ähnliche Anzeige zustande bringt. Aber das dürfte nicht leicht sein, weil sie das hier«, er winkte mit der Akte in seiner Hand, »auf Insiderinformationen von Gensheimer basiert hat und er dafür gesorgt haben wird, dass sie die Anzeigeschrift nicht selbst haben.«

»Sollen wir wieder zu ihm rein?«, fragte Merle.

»Nein. Ich würde sagen, wir unterhalten uns als Nächstes mit der Witwe. Sarah Gensheimer. Warum ist sie hier? Das alles hätte ihr Mann auch alleine tun können. Außerdem ist sie diejenige, die am schwersten einzuhegen sein wird. Sie hat gerade erfahren, dass ihr Mann gestorben ist, und müsste eigentlich psychologisch betreut werden und nicht alleine auf einem Zimmer sitzen. Sicher versucht sie schon seit der ersten Minute, eine Verbindung zum Festland herzustellen.«

»Also gut. Dann los. Muss ich wieder den bösen Cop mimen?«

»Nein.« Gabriel schüttelte den Kopf. »Ich glaube, dass wir bei dieser Frau beide gute Cops sein sollten.«

Sarah Gensheimer hockte mit angezogenen Knien auf dem gemachten Bett des Mitarbeiterzimmers und hob nicht einmal den Kopf, als sie hereinkamen. Erst als er und Merle sich auf das Bett gegenüber setzten, sah sie zu ihnen auf. Ihre Augen waren gerötet und ihre Wangen feucht.

»Es tut uns sehr leid, Frau Gensheimer«, sagte Gabriel sanft. »Aber wir müssen Ihnen einige Fragen stellen.«

»Das bringt ihn mir auch nicht zurück.« Die Witwe schluchzte heftig und begann wieder zu weinen.

»Nein«, gab er zu. »Aber Sie können uns dabei helfen, denjenigen zu finden, der Ihrem Mann das angetan hat.«

Für einige Augenblicke wurde es still, dann schniefte Sarah Gensheimer lang gezogen.

»Was wollen Sie denn wissen?«, fragte sie mit brüchiger Stimme.

»Fürs Erste würden wir gerne erfahren, weshalb Sie Ihren Mann hierher begleitet haben?«

»Er hat mir von dieser umgebauten Bohrinsel erzählt, und da wollte ich eben mit. Ich begleite ihn auf fast allen Dienstreisen.«

»Tatsächlich?« Merle schien überrascht zu sein. »Schon immer?«

»Nein, erst seit Kurzem.«

»Was hat sich geändert?«

»Ich habe meinen Job gekündigt und bin seither auf der Suche nach etwas Neuem.«

»Arbeiten Sie gerne?«, fragte Merle.

»Ich wüsste nicht, was das zur Sache tut, Frau …«

»Oberkommissarin Winter.«

»Frau *Winter.*«

»Können Sie trotzdem auf die Frage antworten?«

»Ich arbeite gerne.«

»Was ist Ihr Beruf?«

»Ich bin Anwaltsgehilfin.«

»Hm.« Merle sah zu Gabriel, er nickte. »Lassen Sie mich raten: Sie waren in der Kanzlei Ihres Mannes angestellt.«

Sarah Gensheimers Kiefer begannen zu mahlen. Mit ihrem offenen Dutt und der zerzausten schwarzen Mähne ringsherum, sah sie aus wie eine ältere Version von Ronja Räubertochter – mit ähnlich trotzig-wütendem Blick.

»Ja, aber …«

»Wieso haben Sie dann gekündigt?«

»Das geht Sie nichts an.«

»Wir sind auf Ihrer Seite«, versicherte Gabriel der Witwe mit ruhiger Stimme.

»Warum befragen Sie dann nicht die anderen? Irgendwer von denen muss es schließlich gewesen sein. *Ich* habe meinen Mann jedenfalls nicht umgebracht. Wie wäre es also, wenn Sie nicht unsere Zeit verschwenden würden und stattdessen den Mörder finden gehen?«, fauchte Gensheimer. »Gehen Sie doch zu der Hanno, die hat meinen Mann schließlich gleich nach unserer Ankunft über eine Stunde vollgetextet. Die hat schon in ihren Feuilletonartikeln immer über ihn hergezogen.«

»Das tun wir ja. Aber wir müssen bestimmte Zusammenhänge verstehen, um die Befragungen möglichst effektiv durchzuführen. Warum also haben Sie die Kanzlei Ihres Mannes verlassen, begleiten ihn aber immer noch auf Dienstreisen?«

»Vielleicht wollte ich einfach mehr Zeit mit ihm verbringen?«, gab sie mit funkelndem Blick zurück.

»Vielleicht?« Gabriel seufzte, als sie keine Anstalten machte, ihm zu antworten.

»Wo waren Sie vor etwa zwei Stunden?«, fragte Merle.

»Fragen Sie etwa nach einem Alibi?« Sarah Gensheimer klang empört.

»Wir fragen bloß, wo Sie vor etwa zwei Stunden waren.«

»Ist das der Zeitpunkt, als mein Mann ...?«

Gabriel und Merle antworteten nicht.

Schließlich schürzte die Witwe die Lippen und musterte sie trotzig. »Ich war in unserem Zimmer und habe Fernsehen geschaut.«

»Was haben Sie gesehen?«

»Irgendetwas Belangloses. Eine Talkshow auf ProSieben oder RTL, ich weiß es nicht mehr. Ich wollte mich einfach entspannen, bevor das Essen losgeht. Zufrieden?«

»Warum war Ihr Mann nicht auf dem Zimmer? Hat er gesagt, wo er hinwollte?«, fragte Gabriel.

»Er wollte zum Büro von Thomas Berger, glaube ich. Oder besser: zu seinem Drachen.« Sarah Gensheimer spie die Worte förmlich aus.

»Und wer könnte das sein?«

»Na, die Hotelmanagerin. Die hockt doch in seinem Vorzimmer. Eigentlich ist es vermutlich ihr Büro, wenn ihr Chef gerade nicht da ist.« Wut funkelte in ihren Augen, roh und kaum gezähmt. Gabriel hätte sie auf einen Kilometer erkennen können, weil er dieses Lodern schon häufiger in seinen eigenen Augen gesehen hatte.

»Wie lange war er dort?«

»Was weiß ich, ungefähr eine Viertelstunde.«

KAPITEL 8
ANGELA FRIEDRICHSEN

»Was machst du daraus?«, fragte Merle, als sie zurück auf dem Flur waren.

»Irgendwas ist faul im Staate Dänemark«, befand Gabriel. »Sie wusste, wohin ihr Mann gegangen ist und auch wie lange er dort war. Die Dauer seines Gesprächs im Büro von Berger hat sie mit ungefähr einer Viertelstunde angegeben. Woher konnte sie das wissen, wenn sie auf ihrem Zimmer war und TV geglotzt hat?«

»Sie lügt offensichtlich.«

»Offensichtlich. Wir sollten in ihrem Zimmer nachschauen.«

»Ich gehe zur Suite der Gensheimers, dann kannst du hierbleiben und aufpassen, dass niemand den Mitarbeiterbereich verlässt.« Merle musterte ihn beinahe anzüglich. »Du hast doch während des Studiums bestimmt als Türsteher Geld verdient.«

»Nur weil ich groß und breit bin?«, fragte er kopfschüttelnd. »Was für ein Vorurteil. Ich war Modeberater in einer Boutique.«

»Klar, wie hieß die Boutique denn?«

»Electroarena.« Er sah sie unschuldig an.

Merle schmunzelte und ließ ihn allein.

Sie kehrte nach nicht einmal zehn Minuten zurück, in denen niemand auch nur den Kopf aus der Tür gestreckt hatte.

»Das ging schnell«, befand er.

»Ja. Sie lügt«, sagte Merle. »Ich habe zwar nichts Besonderes im Zimmer gefunden, schließlich war Penny ja auch schon drin, aber ich habe probehalber mal den Fernseher eingeschaltet.«

»Und?«

»Öffentlich-rechtliche.«

»Was meinst du damit?«

»Es gibt nur öffentlich-rechtliche und keine Privatkanäle. Bei denen kommt nur eine Meldung, dass eine HD-Karte notwendig ist. Vermutlich fehlen noch einige Einstellungen. Sarah Gensheimer hat also – wenn sie überhaupt wirklich den Fernseher eingeschaltet hatte – keine Talkshows auf ProSieben oder RTL geschaut, so viel steht fest.«

»Hm. Wenn sie darüber gelogen hat, was sie auf ihrem Zimmer gemacht hat, vermute ich mal, dass sie gar nicht erst auf ihrem Zimmer gewesen ist«, sagte er, und Merle nickte zustimmend.

»Da sie aber recht unbedacht gesagt hat, wie lange ihr Mann in Bergers Büro und bei dessen *Drachen* gewesen ist, dürfte sie ebenfalls dort gewesen sein. Oder zumindest in der Nähe, um zu sehen, wann er die Räumlichkeiten wieder verlassen hat.«

»Du meinst, dass sie ihm hinterherspioniert hat?«

»Sie war wahrscheinlich viele Jahre Rechtsanwaltsgehilfin in der Kanzlei ihres Mannes«, sagte Merle. »Da dürfte sie endlos viele Möglichkeiten gehabt haben, ihn auf Dienstreisen zu begleiten. Aber jetzt hat sie plötzlich gekündigt und ist an seiner Seite? Das passt hinten und vorne nicht.«

»Nein, sie hatte sicher einen anderen Grund«, stimmte er ihr zu. »Also reden wir als Nächstes mit der Hotelmanagerin?«

»Sieht ganz so aus.«

Angela Friedrichsen stand vor dem Bullauge des kleinen Mitarbeiterzimmers, das ihr zugewiesen worden war, und sah auf die dunkle See hinaus. Als Gabriel und Merle eintraten, drehte sie sich um.

»Ah, die Polizei. Endlich.«

»Endlich? Möchten Sie uns etwas sagen?«, fragte Merle.

»Ich möchte, dass *Sie* mir etwas sagen: Warum werde ich hier eingesperrt?«

»Sie sind nicht eingesperrt«, stellte Gabriel klar. »Sie sind keine Verdächtige, und das hier ist bloß eine Befragung.«

»Ein Verhör.«

»Nein, *Verhöre* gibt es nur in Filmen. Das nennt sich *Vernehmung*, und die muss angeordnet werden. Wir sind bloß daran interessiert, die Umstände von Martin Gensheimers Tod aufzuklären und bitten um Ihre und die Kooperation der anderen. Bislang scheint sich niemand daran zu stören. Sie können aber jederzeit zu dieser Tür hinausgehen.« Gabriel machte eine bedeutungsschwangere Pause. »Das ist Ihre Entscheidung.«

Friedrichsen schnaubte. »Ich sehe schon, was Sie andeuten wollen. Wenn ich gehe, mache ich mich verdächtig. Also habe ich nicht *wirklich* eine Wahl.«

»Doch, die haben Sie immer.«

»Was wollen Sie von mir wissen? Ob ich Martin Gensheimer umgebracht habe? Dann kann ich Ihnen gleich etwas Arbeit abnehmen: Nein, ich habe ihn nicht umgebracht.«

»Sie sind seit fünf Jahren bei Berger&Benelli angestellt?«, fragte Gabriel ungerührt.

»Ja.«

Er machte sich die entsprechenden Notizen und nickte. »Wie ist Ihr Verhältnis zu Ihrem Chef, Thomas Berger?«

»Vertrauensvoll, professionell«, sagte Friedrichsen kühl. Er konnte jedoch sehen, dass es in ihren Augen brodelte. Ob es Wut war oder etwas anderes, wusste er nicht. Jedenfalls war ihre kontrollierte Maske nur das – eine Maske.

»Kannten Sie Sarah Gensheimer?«

»Wie bitte?«

»Sarah Gensheimer, die Ehefrau von Martin Gensheimer. Sind Sie ihr schon einmal begegnet?«

»Äh, ja? Oben beim Essen? Sie waren doch dabei.«

»Vorher nicht?«

»Nein, ich bin ihr vorher nie begegnet. Was hat das mit dieser ganzen Sache zu tun?«, verlangte Friedrichsen zu wissen.

»Das lassen Sie mal unsere Sorge sein«, sagte Merle. »Sie sind Sarah Gensheimer also das erste Mal oben im Speisesaal begegnet.«

»Ja, das sagte ich doch gerade.«

Gabriel und Merle warfen sich einen langen Blick zu.

»Martin Gensheimer kam vor etwa zwei Stunden in Ihr Büro, richtig?«, fragte er schließlich.

»Vor zwei Stunden ...« Die Frau im Hosenanzug schien zu überlegen, aber Gabriel übersah den kurzen Anflug von Hilflosigkeit in ihrem Blick nicht, der wie ein Schatten über ihre Iris huschte. »Ja, das müsste hinkommen.«

»Was hat er da gewollt?«

»Er wollte mit meinem Chef sprechen.« Was auch immer Angela Friedrichsen eben noch verunsichert hatte, hatte sie jetzt offenbar unter Kontrolle gebracht, denn sie klang wieder kühl und beherrscht. Ihre Miene war unbewegt.

»Und?«

»Was, und?«

»Hat er das getan? Mit Ihrem Chef gesprochen?«

Sein Gegenüber dachte nach.

»Das war vor etwa zwei Stunden. Ich denke nicht, dass Sie ein so kurzes Gedächtnis haben, oder?«, setzte Merle nach.

»Sie haben offenbar wenig Ahnung vom Hotelbetrieb«, schoss Friedrichsen zurück. »Es gibt so viel zu tun, besonders bei einem so exklusiven Event, dass ich nicht auf die Minute genau sagen kann, was passiert. Ständig kommen andere Probleme und Aufgaben, nichts läuft nach einem vorgefertigten Plan ab.«

»Hat er nun mit Thomas Berger gesprochen, oder nicht?«

»Nein, das hat er nicht.«

»Entschuldigen Sie uns bitte kurz«, sagte Gabriel, stand auf und zog Merle mit zur Tür. Auf dem Flur sagte er mit gesenkter Stimme: »Sie und die Witwe haben sich bis zum Essen oben im Speisesaal nie gesehen, aber Sarah Gensheimer bezeichnet Friedrichsen als Drache. Wieso sollte sie die Frau so sehr verachten, wenn sie sich gar nicht kennen?«

»Das Gleiche habe ich auch gedacht«, murmelte Merle. »Und wieso verbringt Martin Gensheimer fünfzehn Minuten im Vorzimmer von Thomas Bergers Büro, wenn er nicht zu ihm geht?«

»Die Frage ist, worüber er und Friedrichsen sich fünfzehn Minuten lang unterhalten haben.«

»Ich habe da so eine Ahnung, dass die Antwort auf diese Frage auch die Antwort darauf ist, warum Sarah Gensheimer die Managerin nicht leiden kann und deshalb auch wusste, wie lange ihr Mann da gewesen ist.«

Gabriel kam eine Idee. Er sah auf seinen Plan des Hotels und zog sie mit in den Korridor. Vor einer der Türen gegenüber der Fahrstühle hielt er an. »Es ist noch kein Schild dran, aber das hier ist das Büro.« Er öffnete die Tür, und sie kamen in ein kleines Vorzimmer mit Schreibtisch und Regalen. »Tu mir einen Gefallen und sag ein paar Sätze in Zimmerlautstärke.«

Merle verstand und folgte seiner Bitte. Nachdem er die Tür geschlossen hatte, lauschte er und hörte die Stimme seiner Kollegin, aber nicht, was sie sagte. Also steckte er wieder den Kopf hinein. »Etwas lauter.«

Diesmal verstand er, wenn er äußerst angestrengt hinhörte: »Du verwöhnst dein Frettchen viel zu sehr. Du setzt die Klopapierrolle falsch herum in die Fassung. Dein größtes Lebensrätsel ist, ob ein Flachspüler oder ein Tiefspüler größere Vorteile hat. Du hast Wurstfinger, aber das ist nicht richtig, so große Bockwürste gibt es nämlich gar nicht.«

»Sehr witzig«, sagte er, als er die Tür öffnete.

»Alles verstanden, schätze ich.«

»Mit Lücken, aber die konnte ich füllen. Und die Antwort ist *Tiefspüler.*«

»Du hast gesagt, du kannst die nicht leiden, weil dir immer Wasser an den Hintern spritzt, wenn das Geschäft ins Wasser plumpst«, entgegnete Merle.

»Aber beim Flachspüler stinkt es zu sehr«, erwiderte Gabriel.

»Dafür bleiben die Kronjuwelen trocken.«

Er machte ein gequältes Gesicht. »Gehen wir wieder rein.«

»Wir wollen ja nicht, dass dein Kopf explodiert, weil du dich nicht entscheiden kannst. Normale Menschen stellen sich *echte* Lebensfragen, das weißt du, oder?« Sie gingen zurück zu den Mitarbeiterunterkünften. »So was wie *Was ist der Sinn des Lebens?*«

»Dafür habe ich noch Zeit, wenn die Toilettenfrage erst einmal abschließend geklärt ist. Dann habe ich genügend geistige Kapazitäten frei.« Vor der Tür von Angela Friedrichsens Raum hielt er inne. »Willst du die Axt fallen lassen oder soll ich?«

»Ich.«

Gabriel trat zur Seite und deutete auf die Türklinke.

»Sie haben sich gestritten«, kam Merle direkt zur Sache, als sie wieder bei der Managerin waren.

»Was?«

»Martin Gensheimer kam ins Büro, und sie beide haben sich gestritten.«

»Woher wollen Sie das wissen?«, fragte Friedrichsen kühl und verschränkte die Arme vor der Brust. Ihre Körpersprache mochte abwehrend, aber ruhig sein, ihre Augen huschten jedoch unstet zwischen Gabriel und Merle hin und her.

»Streiten Sie es ab?«, fragte die Oberkommissarin.

»Das habe ich nicht gesagt, ich ...«

»Wir wissen, worum es ging.«

»Ach wirklich?«

»Ja. Und es hat Sarah Gensheimer ganz und gar nicht gefallen.« Merle beugte sich vor und machte ein düsteres Gesicht. »Ich schlage also vor, dass Sie uns die Wahrheit sagen, sonst lässt es Sie noch schlechter aussehen als gerade.«

Angela Friedrichsen schluckte und setzte sich hin. Auf einmal sah sie wie betäubt aus, vollkommen ausgewechselt.

»Ich wollte, dass er sie verlässt«, murmelte sie.

»Haben Sie gedroht, Ihre Affäre auffliegen zu lassen?«, fragte Gabriel und tat so, als hätte er längst davon gewusst, obwohl es in ihm zu arbeiten begann und sich die Gedanken in seinem Kopf nur so überschlugen.

»Nein. Zumindest nicht sofort. Ich wollte, dass er es ihr sagt und wir mit der Geheimhaltung aufhören. Er hat sie schon lange nicht mehr geliebt, und das hat er mir immer wieder gesagt. Aber was sind Worte wert, wenn ihnen keine Taten folgen?«, wollte Friedrichsen wissen. Tränen sammelten sich ihn ihren Augenwinkeln. »Und jetzt ist er tot.«

»Wie hat er auf Ihre Konfrontation reagiert?«

»Er meinte, dass er den richtigen Zeitpunkt finden müsse, aber er es tun würde.«

»Warum haben Sie sich dann gestritten?«, wollte Merle wissen. »Das war doch genau das, was Sie sich erhofft hatten?«

»Ich habe ihm nicht geglaubt. Seine Frau hat jüngst in seiner Kanzlei gekündigt und klebt ihm ständig an der Seite. Sie muss irgendwie Wind davon bekommen haben, dass er fremdgeht.« Die Hotelmanagerin wischte sich trotzig die Tränen aus den Augenwinkeln. »Das hat bedeutet, dass wir uns kaum noch treffen konnten. Also wollte ich, dass er es nicht auf *irgendwann* verschiebt, sondern endlich Klarheit schafft, wie er es versprochen hat.«

»Aber er hat sich geweigert, als sie ihm die Pistole auf die Brust gesetzt haben«, mutmaßte Gabriel und sie nickte. Er hatte jedoch das Gefühl, dass sie immer noch etwas zurückhielt. »Da ist noch etwas. Er hat ihnen auch gedroht.«

Widerwillig nickte sie erneut. »Er hat gedroht, Thomas davon zu erzählen.«

»Der hätte Sie vermutlich gefeuert, wenn er davon erfahren hätte, dass Sie mit einem seiner Gegner das Bett teilen. Wahrscheinlich hätte er sie sogar verdächtigt, vertrauliche Informationen weiterzugeben, wenn die Sache mit der Anzeige auf den Tisch kommt«, sagte Merle und Friedrichsen blinzelte überrascht. »Oh, Sie wussten nichts von der Anzeige?«

»Was für eine Anzeige?«

»Scheinbar hat Herr Gensheimer nicht nur mit Ihrem Chef gespielt.«

»Wovon reden Sie denn da?«

»Noch eine Frage, bevor meine Kollegin und ich Ihnen etwas Ruhe lassen«, entgegnete Gabriel. »Wo waren Sie die halbe Stunde nach Ihrem Streit?«

»Hier im Büro.«

»Und Herr Berger?«

»In seinem Büro.«

»Sind Sie sicher?«

»Ja. Ich sitze schließlich in seinem Vorraum, und er muss an mir vorbei, um rauszukommen. Außer es gibt einen Geheimgang, wie ein verschiebbares Regal oder so etwas«, erwiderte die Hotelmanagerin sarkastisch.

»Verstehe. Vielen Dank für Ihre Kooperation, Frau Friedrichsen«, sagte er und erhob sich. Zurück auf dem Flur atmete er lang gezogen ein und aus. »Die Sache wird immer verrückter.«

»Das kann man wohl sagen«, stimmte Merle ihm zu. »Gensheimer hatte eine Affäre mit der Hotelmanagerin von Berger. Klingt für mich wie der Schachzug eines gewieften Manipulators. Seine Frau ahnt seit einer Weile etwas und kündigt, um ihrem Mann nicht mehr von der Seite weichen zu müssen. Das nimmt ihm den Raum, um seine Affäre mit Friedrichsen auszuleben, was die wiederum wütend macht und dazu veranlasst, ihn zum Handeln zu drängen. Er ist dazu aber nicht bereit und droht ihr, womit beide Druckmittel gegeneinander in der Hand haben. Ich muss wohl nicht extra erwähnen, dass das Angela Friedrichsen ein ziemlich starkes Motiv gibt. Die gekränkte Affäre, die statt der Liebe ihres Angebeteten eine Drohung von ihm serviert bekommt. Es wäre nicht das erste Mal, dass eine Frau in dieser Situation die Kontrolle verliert.«

»Dazu passt der Tatort. Es gab einen Kampf. Vielleicht wollte sie ihn nicht umbringen, aber als es zum Handgemenge kam, ist er hintenübergestürzt, hat den Halt verloren und sich in der Kette des Krans verfangen, woraufhin er mit der Stirn gegen den Bolzen geschwungen, dann gefallen ist und erdrosselt wurde.« Gabriel dachte über seine eigenen Worte nach. »Das ist ein denkbarer Hergang, ja. Aber …«

»Aber dasselbe Motiv würde auch für seine eigene

Ehefrau gelten. Sie hat ihn schon länger verdächtigt, traut ihm nicht, als er das Zimmer verlässt und folgt ihm. Dann belauscht sie den Streit der beiden und erfährt, dass es die Hotelmanagerin ist, mit der er sie betrügt. Sie hört, dass er sie verlassen will, und ihr schrecklicher Verdacht wird Gewissheit. Sie stellt ihn zur Rede und verliert die Kontrolle.«

»Denkbar«, gab er zu. »Aber wieso nicht hier auf dem Flur, sondern ausgerechnet unten im Maschinenraum? Friedrichsen ist die Einzige von beiden, die überhaupt von seiner Existenz und Position gewusst haben dürfte.«

»Und sie hätte Zugang mit der entsprechenden Schlüsselkarte. Immerhin ist sie die Hotelmanagerin.«

»Das stimmt. Und das gilt nicht für Sarah Gensheimer. Sie könnte den beiden aber gefolgt sein.«

»Vielleicht.« Merle klang nicht sonderlich überzeugt. »Wir sollten Thomas Bergers' Alibi noch mal abklopfen. Wenn er bestätigt, dass er sein Büro zur Tatzeit nicht verlassen hat, würde Friedrichsens Aussage sein Alibi stützen und seine das ihre. Zwar kann er nicht sehen, wenn sie das Büro verlässt, aber wenn sie genau bestätigen kann, dass er zu dieser Zeit da war, und es stimmt, ist die Chance hoch, dass sie nicht lügt.«

»Gut. Tun wir das. Und dann reden wir mit seiner Frau.«

KAPITEL 9
KATRIN BERGER

»Katrin Berger«, begrüßte er die Ehefrau des Hoteliers. Sie hockte auf dem rechten Bett des kleinen Zimmers und knetete unruhig ihre Hände.

»Da sind Sie ja.« Sie klang geradezu erleichtert.

»Tut uns leid, dass sie warten mussten. Sie haben sicherlich viele Fragen, aber wir können im Augenblick nur selber welche stellen.«

»Verstehe. Natürlich.« Sie deutete auf das Bett gegenüber, als handle es sich um einen förmlichen Gesprächstermin auf ihr Verlangen hin.

»Können Sie uns etwas über Ihre Position und Ihre Aufgaben im Berger&Benelli-Konzern sagen?«

»Selbstverständlich. Ich bin seit zwanzig Jahren im Unternehmen tätig. Seit fünf Jahren in der Funktion als Geschäftsführerin.«

»Sie haben Betriebswirtschaft studiert, nehme ich an?«

»Ich bin gelernte Industriekauffrau.«

»Ein kometenhafter Aufstieg«, befand Merle. »Multimillionen-Euro-Unternehmen werden normalerweise von studierten Doktoren der BWL oder VWL geleitet.«

»Ich habe einen MBA gemacht, und in Familienunternehmen ist das gar nicht so selten«, entgegnete Katrin Berger.

»Vorher war Ihr Mann Geschäftsführer?«

»Ja, nach einem Insolvenzverfahren musste er damals den Posten aufgeben, ist aber Vorstandsvorsitzender und Mehrheitseigner geblieben.«

»Also hat er Sie auf seinen Posten gesetzt, um weiterhin auch die operative Kontrolle zu haben«, mutmaßte Gabriel. Als Berger ihre Augen zusammenkniff, machte er eine beschwichtigende Geste. »Schon gut, ich weiß zwar nicht viel über Unternehmensführung und Wirtschaft, aber selbst mir ist bekannt, dass das ein zumindest verbreiteter Vorgang ist. Darum geht es uns hier nicht, deswegen sind wir nicht hier.«

»Gut. Dann stellen Sie mir doch Fragen, *die* Sie interessieren«, schlug die Geschäftsführerin von Berger&Benelli lakonisch vor.

»Wie standen Sie zu Martin Gensheimer?«, fragte Merle.

»Wie ich zu ihm stand? Ich fand ihn abstoßend. Ein selbstgefälliger Lackaffe aus dem Fernsehen, der sich als Hobby wahrscheinlich im Spiegel ansieht und seine flotten Sprüche für die Kameras einstudiert. Ich konnte Selbstdarsteller noch nie leiden, und er ist ein Betrüger. Ein Betrüger *gewesen.*«

»Also wussten Sie von dem Essen in Düsseldorf.«

»Natürlich. Mein Mann und ich haben keine Geheimnisse, und egal, was Sie über meine Funktion im Unternehmen denken, ich führe es *tatsächlich,* nicht bloß als Marionette meines Ehemanns, auch wenn das offenbar genau in Ihr Welt- und Frauenbild zu passen scheint«, entgegnete Berger schnippisch. Gabriel hätte sein Psychologiestudium nicht gebraucht, um zu erkennen, dass sie einen wunden Punkt getroffen hatten. Bisher war sie ihm nämlich eher sanftmütig vorgekommen.

»Wir wollten nichts andeuten, Frau Berger«, versicherte er ihr, und sie beruhigte sich etwas.

»Schon gut. Es ist nur so, dass ich mich ständig dafür rechtfertigen muss und niemand von außen die Arbeit schätzt, die ich jeden Tag mache. Unter meiner Geschäftsführung sind wir stärker gewachsen als in den zehn Jahren davor.«

»Ihr Mann weiß das sicher zu schätzen.«

»Ja.«

»Wenn Sie Herrn Gensheimer so sehr verachtet haben, galt selbes sicher auch für Ihren Ehemann«, sagte Gabriel.

»Das müssen Sie ihn schon selbst fragen, aber Freunde waren Sie sicher nicht, können Sie sich ja vorstellen.«

»Wussten Sie von der Anzeige?«

Katrin Berger erstarrte.

»Das nehme ich als *Ja*?«

»Nein, aber ich wusste, dass die Gefahr besteht«, sagte sie grimmig. »Ich habe meinen Mann davor gewarnt, dass das passieren würde. Aber er wollte ihn ja unbedingt hierher einladen.«

»Selbst wenn er es nicht getan hätte – die Anzeige wäre immer noch bei der Polizei eingegangen«, bemerkte Merle.

»Aber wir hätten ihm nicht die Chance gegeben, noch mehr Schaden anzurichten als ohnehin schon.« Berger seufzte ergeben. »Mein Mann ist ein guter Visionär, aber kein guter Taktiker, müssen Sie wissen. Er denkt durch den Bauch. Martin Gensheimer hätte niemals hierherkommen sollen. Selbst mit seinem Tod macht er alles nur noch schlimmer.«

»Hatten Sie Informationen darüber, dass es zur Anzeige durch ihn kommen würde?«

»Nein, aber ich hatte wie gesagt den Verdacht.«

»Wegen irgendwelcher Anhaltspunkte?«, hakte Gabriel nach.

»Weil mein Mann ihn seit Düsseldorf nicht mehr erwähnt hat. Und dann kommt er vorgestern auf einmal damit um die Ecke, dass Gensheimer und seine Frau auf der Gästeliste stehen sollen. Auf meine Frage warum, hat er nur gesagt, dass er keine losen Enden haben wolle, wenn das Hotel an den Start geht«, sagte Berger. »Wir haben uns darüber gestritten, aber er ist ein Dickschädel, und ich weiß, wann es sich um einen Kampf gegen Windmühlen handelt.«

»Haben Sie ihn gewarnt?«

»Ja. Ich habe ihm gesagt, dass Gensheimer immer etwas im Schilde führt und seine Kontakte zu Energon lange bekannt sind.«

»Warum waren Sie so sicher, dass Herr Gensheimer Energon vertreten würde?«, fragte Gabriel.

Berger musterte ihn, als sei er schwer von Verstand. »Das ist doch offensichtlich: Energon hat diese Bohrinsel mit der Genehmigung des Wirtschafts- und Umweltministeriums gebaut. Zu Beginn des Ukrainekriegs sah auch alles rosig für sie aus, der Ölhunger ist durch die Gasknappheit noch größer geworden, aber dann kamen die ganzen neuen Gesetze und das LNG, und schon waren die Ölkonzessionen wieder auf dem Tisch. Die waren in Berlin ja sowieso beliebt wie Fußpilz. Dann kam das endgültige Aus für die Förderlizenz. *Hochplate,* wie diese Plattform hieß, war beinahe fertiggestellt. Wir hatten uns schon über ein Jahr zuvor darum beworben, sie im Falle eines Ölförderverbots kaufen zu dürfen. Das haben wir schließlich getan. Am Tag, als wir unterschrieben haben, sind die ersten Bautrupps angereist.«

»Hatten Sie denn schon eine Baugenehmigung?«

»Quasi.«

»Was soll das bedeuten? Hatten Sie? Oder hatten Sie nicht?«

»Wir hatten das Wort unseres Kontakts im Bauministerium, dass sie bereits ausgestellt ist.«

»Aber sie war noch nicht zugestellt«, entgegnete Merle.

»Nein. Sie kam erst einen Tag später im Büro an.«

»Lassen Sie mich raten: Sie haben mit dem Bau morgens

angefangen, abends aber erst unterschrieben und die Baugenehmigung kam einen Tag später.«

»Wir wussten, dass es ein Risiko war, aber das Angebot der Baufirma wäre am nächsten Tag abgelaufen.« Berger seufzte und faltete die Hände auf dem Schoß wie eine Nonne. »Ein kalkuliertes Risiko, aber nicht per se ein Rechtsbruch, wir hatten ja bereits die mündliche Zusage von Energon, und der Rest war Formalität.«

»Da Sie sich vor der Klage sorgen, schätze ich, dass Sie nicht so sicher sind, dass ein Richter die Lage genauso beurteilen würde.«

»Worauf wollen Sie hinaus? Ich sorge mich eben um meine Firma!«

»Sie haben viel erreicht, dafür gekämpft, dass Ihre Leistungen gesehen werden und Berger&Benelli größer gemacht, als es je war«, zählte Merle auf. »Ich kann mir vorstellen, dass Sie sich große Sorgen darum gemacht haben, was ein Staranwalt, den Sie nicht leiden konnten, Ihnen all das kaputt macht.«

»Natürlich. Ich ...« Katrin Berger hielt inne und musterte die Oberkommissarin finster. »Wollen Sie mir etwa gerade ein Motiv anhängen?«

»Wir wollen Ihnen gar nichts anhängen«, stellte Gabriel klar. »Aber Sie hätten ein Motiv gehabt: ihre Firma und Ihr Vermächtnis zu beschützen.«

»Das muss ich mir nicht bieten lassen. Ich bin doch keine Verbrecherin! Und eine Mörderin schon gar nicht!«, brauste die Geschäftsführerin auf.

»Wo waren Sie vor ungefähr zwei Stunden?«, fragte Merle ungerührt von dem kleinen Ausbruch der Befragten. »Mittlerweile wohl eher zweieinhalb Stunden, besser gesagt.«

»Ich war im Wellnessbereich.«

»Im *Wellnessbereich*?«

»Ja. Er ist der einzige Ort im Nordseetraum, wo es noch absolut still ist. Außerdem musste ich mich entspannen.«

»Direkt vor dem Essen?«

»Ja.«

»Was genau haben Sie da gemacht?«

»Ist das wichtig?«

»Vielleicht, vielleicht nicht, aber wir fragen Sie«, sagte Merle. »Oder möchten Sie nicht auf die Frage antworten?«

»Ich war in der Sauna«, sagte Katrin Berger achselzuckend. »Zufrieden?«

»Mhm.«

»Das wäre dann erst mal alles, Frau Berger. Vielen Dank für Ihre Kooperation.« Gabriel stand auf und verließ mit Merle das Zimmer. »Also gut, sie hat auch ein starkes Motiv, so viel steht fest.«

»Oh ja. Sie wirkt wie eine ziemlich entschlossene Kämpfernatur, die erst vor fünf Jahren aus dem Schatten ihres Mannes herausgetreten ist und sich ihre Position und ihren Erfolg hart erkämpft hat. Mitanzusehen, wie ein arroganter Fernsehanwalt daherkommt und damit droht, all das unter ihr einstürzen zu lassen, muss sie mindestens wütend gemacht haben«, stimmte Merle ihm zu. »Ihr Alibi klingt für mich auch ein bisschen zu praktisch.«

»Allein im Wellnessbereich, der vermutlich noch gar nicht eröffnet ist und wo niemand bestätigen kann, dass sie dort war.«

»Das hier ist komplizierter als gedacht, Gabriel.« Merle schob eine lästige goldene Haarsträhne aus ihrem Gesicht und sah ihn an. »Bislang hat jeder der Befragten ein ziemlich überzeugendes Motiv. Das ist verrückt.«

»Warten wir ab, wie es weitergeht«, schlug er vor. »Was hältst du davon, wenn wir uns die Sauna einmal anschauen?«

»Einverstanden.«

Der Wellnessbereich befand sich eine Etage höher auf

Deck 3 und war recht klein, passend für die geringe Anzahl an Gästebetten im Nordseetraum. Es gab ein Dampfbad, das nicht eingeschaltet war, eine Biosauna mit sechzig Grad und eine finnische Sauna mit neunzig Grad plus. Keine war aktiv, sie ließen sich aber über einen zentralen Schaltschrank hinter einem Personaltresen ein- und ausschalten. Gabriel probierte es aus und alles funktionierte bereits.

»Vielleicht hat sie schlicht die Wahrheit gesagt«, schlug Merle vor, als sie den Wellnessbereich wieder verließen.

»Vielleicht. Eine Idee habe ich noch.«

Sie gingen hinunter auf Deck 1 zu Schoki, die am Schreibtisch im Wartungsbüro saß. An der Seite hockten Herbert Lühn und Fram Andersen wie zwei verängstigte Schuljungen beim Rektor.

»War ziemlich easy, die Funkverbindungen zu kappen«, sagte Schoki lapidar. »Es gibt einen Override für den Fall eines Notfalls, damit die Frequenzen frei bleiben. Die hab ich mit einem niederschwelligen Dauersignal belegt. Weißes Rauschen.«

»Gute Arbeit, aber deswegen sind wir nicht hier«, sagte Gabriel und wandte sich an Herbert Lühn. Der alte Ingenieur sah auf und blinzelte verwirrt.

»Was ist?«

»Sie können doch sicher den Stromverbrauch der einzelnen Decks und Bereiche nachvollziehen, oder?«

»Natürlich.«

»Sehr gut. Zeigen Sie meiner Kollegin bitte, wie das geht.« Gabriel gab ihm einen auffordernden Wink und sah zu, wie Lühn sich neben seine IT-Spezialistin stellte und ihr erklärte, wo sie das entsprechende Programm fand und wie es sich bedienen ließ.

»Wir brauchen den Stromverbrauch des Wellnessbereichs vor drei Stunden bis vor anderthalb Stunden«, sagte Merle.

»Das ist einfach.« Der Ingenieur schien seine Verve

wiedergefunden zu haben und schob Schokis Hände beiseite, um ein paar kurze Eingaben zu machen. Dann drehte er den Bildschirm zu ihnen herum und deutete auf eine Verlaufskurve mit einer Zeitachse und einer Wattachse. »Durchgängig einhundertzwanzig Watt. Das entspricht der Standardbeleuchtung, wenn der Wellnessbereich nicht genutzt wird.«

»Wäre eine Sauna eingeschaltet gewesen, würden wir hier bestimmt eine ganz andere Kurve sehen?«, fragte Gabriel rhetorisch.

»Ja, mit einigen tausend Watt«, bestätigte Lühn.

»Danke.« Gabriel deutete auf ein MacBook, das auf dem Schreibtisch lag und nicht aussah wie das von Schoki. »Wem gehört das?«

Seine Kollegin sah zu den beiden Angestellten von Berger&Benelli, woraufhin er ihr bedeutete, ihm und Merle auf den Flur zu folgen. Nachdem sie die Tür hinter sich geschlossen hatten, sagte Schoki: »Das Ding gehört Martin Gensheimer. Habe ich in seiner Unterkunft gefunden.«

»Und du hast es einfach mitgenommen?«, fragte Merle entgeistert.

»Nicht nur das. Hab es auch geknackt und durchforstet.«

»Das verstößt gegen sämtliche ...«

»Wir brauchen innerhalb von vierundzwanzig Stunden Ergebnisse, oder? Der Generalstaatsanwalt hat uns quasi freie Hand gegeben, und du weißt ja, wie wir arbeiten: ergebnisorientiert«, entgegnete Schoki achselzuckend.

»Erno Heinrichsen ist hier noch nicht einmal wirklich zuständig.«

»Wollt ihr nicht lieber fragen, was ich gefunden habe?«

»Okay«, seufzte Merle ergeben. »Was hast du gefunden?«

»Da du schon einmal fragst: noch nicht viel, ich hatte ja auch nicht viel Zeit.«

»Echt jetzt? Erst fängst du ...«

»Warte, warte, Schwester«, sagte Schoki beschwichtigend

und schüttelte ihre ungebändigte schwarze Lockenmähne. »Es ist vielleicht nichts, aber vielleicht eben doch: Gensheimer hatte einen kompletten Ordner mit Dateien über Erika Hanno.«

»Was für Dateien?«, fragte Gabriel.

»Bilder, Textdateien, Audiofiles. Aber alles verschlüsselt. Ich konnte bislang nur ein einziges Bild finden, das nicht verschlüsselt war, und es zeigt sie und Thomas Berger bei einem Glas Sekt auf einem schmutzigen Deck mit dem Meer im Hintergrund.«

»Schmutziges Deck? War das hier? Auf der Baustelle?«

»Schwer zu sagen.«

»Warum sollte er alles verschlüsseln?«, fragte Merle.

»Keine Ahnung, weil er nicht will, dass es jemand sieht. Oder noch nicht.«

»Hm. Mehr hast du noch nicht?«

»Nö.«

»Gut. Mach weiter. Konzentrier dich aufs Entschlüsseln und komm zu uns, falls du etwas hast. Erika Hanno befindet sich im dritten Zimmer auf der rechten Seite. Wir schauen solange, was wir aus dem machen können, was wir haben«, wies er sie an und wartete, bis Schoki wieder im Wartungsbüro verschwunden war.

»Lassen wir die *Hanno*-Files erst mal außer Acht und bleiben bei Katrin Berger: Sie ist also schon mindestens die zweite Person nach Sarah Gensheimer, die über ihr Alibi gelogen hat«, meinte Merle.

»Und das ziemlich dilettantisch«, bemerkte Gabriel.

»Nicht unbedingt. Ich glaube, dass die Geschäftsführung des Mutterunternehmens so gut wie nichts über die Funktionen und technischen Hintergründe des Hotels weiß. Wenn überhaupt jemand, dann die Geschäftsführerin, Angela Friedrichsen. Aber selbst das bezweifle ich. Beide sind für organisatorisch-wirtschaftliche Dinge zuständig. Das Hotel selbst muss funktionieren, dafür haben sie diejenigen, an die sie Aufgaben delegieren können.«

»Aber selbst wir sind darauf gekommen.«

»Weil wir wie Ermittler denken, das tut sie nicht«, gab seine Kollegin zu bedenken. »Fragt sich nur, warum sie uns angelogen hat.«

»Vor allem stellt sich die Frage, wie sie in den Maschinenraum gelangt sein soll, um Martin Gensheimer zu töten, wenn sie nicht einmal weiß, wie ihr eigenes Hotel funktioniert.«

»Tja, ein Motiv ist eben immer noch kein Beweis. Ich schlage vor, dass wir erst einmal mit den anderen Gästen weitermachen, damit wir vielleicht ein besseres Gesamtbild bekommen?«

»Einverstanden.« Er nickte und hielt sie an der Schulter zurück, als sie sich gerade zum Gehen abwenden wollte.

»Was?«

Gabriel nahm ihre Haarsträhne, zog sie vorsichtig über ihren Kopf und wickelte sie dann einige Male um das Zopfgummi an ihrem Hinterkopf.

»Das ständige Strähnerichten macht mich kirre«, sagte er und räusperte sich, als sie ihn musterte. »Hanno als Nächste, würde ich sagen?«

KAPITEL 10
ERIKA HANNO

»Erika Hanno«, begrüßte Gabriel die berühmt-berüchtigte Zeitungsjournalistin, als sie den kleinen Raum betraten, der ein exakter Klon der anderen war, in denen er bislang mit Merle die Gespräche geführt hatte. Hanno sah mit ihrer geringen Körpergröße, der schmächtigen Gestalt und den kurzen Haaren aus wie ein kleiner Junge, als er sie auf dem Bett sitzen saß. Mit dem Rücken lehnte sie an der Wand, und die Beine hatte sie angezogen. Ihre Schuhe lagen auf dem Boden.

»Herr Hauptkommissar, Frau Oberkommissarin«, antwortete die Journalistin und musterte sie durch ihre große rote Brille. Gabriel fühlte sich unter ihrer eingehenden optischen Begutachtung wie ein Frosch unter dem Skalpell. Die wache Intelligenz in ihren Augen hatte etwas Einschüchterndes an sich, obwohl sie körperlich keinerlei Bedrohlichkeit ausstrahlte. »Was kann ich für Sie beide tun?«

»Wir haben nur ein paar Fragen an Sie«, sagte Merle. Sie setzten sich auf das Bett gegenüber. Gabriel zückte sein Notizbuch. Er wünschte, dass er vorbereitet gewesen wäre und wieder sein verstecktes Mikrofon trug, wie auf Pellworm bei ihrem letzten Fall.

»In Ordnung. Zuerst einmal würde ich gerne Ihre Dienstausweise sehen. Nur für die Formalitäten. In meiner Zeit als Investigativjournalistin habe ich einige Dinge erlebt, die mich vorsichtiger gemacht haben, wenn es um Vorgänge geht, die ich als selbstverständlich hinnehme.« Hanno wartete, während er und Merle ihre Dienstausweise herausholten und ihr zeigten. Sie musterte beide eingehend und nickte dann. »Vor acht Jahren bin ich nur mit Reflektorweste und Klemmbrett bewaffnet auf fünf deutschen Flughäfen in sämtliche Sicherheitsbereiche gelangt. Man kann also nie misstrauisch genug sein, das verstehen Sie vermutlich.«

»Wir verstehen, dass Sie gute Kontakte zu Thomas Berger pflegen. Ist das korrekt?«, fragte Gabriel, ohne auf ihre Geschichte einzugehen.

»Definieren Sie *gute Kontakte.*«

»Haben Sie schon häufiger zusammengearbeitet?«

»Wir arbeiten nicht *zusammen*«, stellte Erika Hanno klar, wie eine Lehrerin, die ihren Schüler zurechtwies. »Ich bin freie Journalistin und habe mir meine gute Reputation erarbeitet, weil ich mich nicht für Narrative einspannen lasse – schon gar nicht für die von Wirtschaftsbossen.«

»Das wollte ich auch nicht andeuten.«

»Was wollten Sie dann andeuten?«

»Ich bin nicht hier um Dinge anzudeuten, Frau Hanno. Meine Kollegin und ich möchten ein Tötungsdelikt aufklären und setzen auf Ihre Mithilfe«, entgegnete er gelassen. »Falls es nicht Ihr Anliegen ist, unsere Arbeit aktiv zu behindern, würde ich Sie bitten, einfach auf unsere Fragen zu antworten, anstatt ständig Gegenfragen zu stellen. Wenn Sie im beruflichen Kontext etwas von uns wissen möchten, können Sie das am Ende dieser Befragung tun.«

Hanno zuckte mit den Schultern und gab ihm einen Wink, damit er fortfuhr.

»Sie und Thomas Berger trinken gerne Wein zusammen«, sagte er und beobachtete sie genau. Sie zeigte jedoch keine Reaktion.

»Und? Stellen Sie eine Frage?«

»Warum treffen Sie sich mit Thomas Berger, wenn Sie sich treffen?«, fragte Merle.

»Als Journalistin bin ich auf Informanten und Interviewpartner angewiesen. Mit Herrn Berger habe ich mich in den letzten zwei Jahren sechsmal getroffen, weil ich das Ende der Ölkonzessionen und den Beginn des Projekts ›Nordseetraum‹ eng für die Süddeutsche journalistisch begleitet habe. Er befand sich im Zentrum all dessen, und da war es nur logisch, viel mit ihm zu sprechen.«

»Sie haben über beide Seiten berichtet.«

»Ja.«

Gabriel entschied sich für einen Vorstoß nach seinem Bauchgefühl und schaltete sich ein, bevor seine Kollegin weitersprechen konnte: »Aber Sie haben positiv über das Projekt Nordseetraum berichtet.«

»Nein.« Erika Hanno schüttelte entschieden den Kopf, und er glaubte schon, in die falsche Richtung gegangen zu sein, als sie weitersprach: »Ich habe kritisch über die Ölkonzessionen und Energons Lobbyarbeit in Berlin und in Niedersachsen berichtet. Das ist ein großer Unterschied.«

»Warum?«

»Warum was?«

»Warum haben Sie negativ über Energon und die Ölkonzessionen berichtet?«

»Weil sämtliche Daten und Fakten dafürsprechen, dass weitere Ölförderung die Investitionen der großen Energiekonzerne in erneuerbare Energien behindern. Etwas aus dem Boden zu ziehen, das in fünfzig Jahren aufgebraucht ist und die Luft verpestet, nur um noch einen schnellen Euro zu machen, ist schlichtweg dumm. Genau das habe ich auch so berichtet und mich dabei auf zig Experteninterviews gestützt. Energon hat versucht, die Politik massiv zu beeinflussen, um an den Konzessionen festzuhalten, und das wäre ihnen beinahe gelungen. Aber nur beinahe«, erklärte Hanno mit sichtlichem Stolz.

»Aber Sie haben keinerlei Gegenleistungen für Ihre Berichterstattung von Thomas Berger erhalten?«, fragte Gabriel.

»Wie bitte? Ich bin nicht bestechlich, wenn Sie das andeuten wollen.« Sie warf ihm einen vernichtenden Blick zu.

»Ich möchte nichts andeuten. Warum haben Sie sich nach seiner Ankunft so lange mit Martin Gensheimer unterhalten?«

Hanno blinzelte überrascht, ob des plötzlichen Themenwechsels, und für den Bruchteil einer Sekunde bröckelte sogar ihre wohlkontrollierte Miene ein wenig.

»Wir hatten eine Meinungsverschiedenheit.«

»Worüber?«

Die Journalistin mahlte mit den Kiefern. »Er ist nicht mein größter Fan und ich bin nicht seiner. Das ist hinlänglich bekannt.«

»Das ist keine wirkliche Antwort auf meine Frage«, sagte Gabriel.

»Er war wütend wegen meines Feuilletonartikels über seine letzte Sendung *Recht des Gesetzes* und hat seiner Wut Luft gemacht.«

»Uns liegt eine Aussage von jemandem vor, dass *Sie* es waren, die das Gespräch mit ihm gesucht hat.«

»Dann hat die Person sich geirrt«, beharrte sie.

Bevor er etwas erwidern konnte, klopfte es an der Tür. Gabriel bedeutete Merle sitzen zu bleiben und ging hinaus. Es war Schoki, die mit einem MacBook unter dem Arm –

vermutlich dem von Gensheimer – im Flur stand und ungeduldig mit den Füßen auf und ab trippelte.

»Sag mir, dass du mehr Dateien entschlüsseln konntest«, sagte er.

»Ja, die Verschlüsselungsapp ist eine äußerst schlecht programmierte, billige ...«

»Schoki!«

»Ich glaube, Gensheimer wollte sie erpressen. Auf einem Audiomitschnitt kann man hören, wie sie in irgendeinem lauten Raum – ähnlich dem Maschinenraum unten – mit einem Mann spricht, der sie fragt, wie viel es kosten wird. Sie sagt was von einhunderttausend und Malta. Andere Fotos zeigen sie auf der Bohrinsel, mitten während des Umbauzeugs. Und eins in der Zentrale von Berger&Benelli.«

»Dein Timing ist so perfekt, dass es ein schlechtes Drehbuch sein könnte. Ich könnte dich knutschen!«, frohlockte Gabriel.

»Na toll.« Schoki machte einen Schritt zurück und wandte sich zum Gehen. »Jetzt kriege ich bestimmt Herpes.«

Er überlegte, sie nach dem MacBook zu fragen, entschied sich dann jedoch dagegen. Die Dienstregeln und Gesetze ab und zu mal zu übergehen, um Täter zu finden und sie nicht davonkommen zu lassen, war eine Sache, aber einer Journalistin Beweise dafür zu liefern, eine ganz andere. Also kehrte er ins Zimmer zurück und nickte Merle zu, die ihn fragend ansah.

»Ich hoffe, ich habe nichts verpasst?«, fragte er.

»Nein. Frau Hanno scheint die Lust am Reden verloren zu haben.«

Gabriel sah die Journalistin an und setzte sich. »Das wird sich gleich ändern, denke ich.«

Die Miene seines Gegenübers wackelte für einen Moment, dann taxierte sie ihn wieder mit einer Maske der Gelassenheit.

»Würden Sie Thomas Berger als Ihren Freund bezeichnen?«

»Nein. Ich habe einen kleinen Freundeskreis und der hat nichts mit meiner Arbeit zu tun. Was kommt als Nächstes? Fragen Sie, ob wir dasselbe Sternzeichen haben?«

»Als was würden Sie ihn dann bezeichnen?« Gabriel sah von seinem Notizblock auf. »Als *Geschäftspartner* vielleicht?«

Hannos Blick verhärtete sich.

»Was denn?«, fragte er. »Keine sarkastische Bemerkung mehr?«

»Vielleicht hast du einen Nerv getroffen«, meinte Merle.

»Worauf wollen Sie hinaus?« Erika Hanno nahm ihre Füße vom Bett und richtete sich auf. Die roten Ränder ihre Brille schienen mit einem Mal zu glühen wie Lava.

»Ich will auf die einhunderttausend Euro und Malta hinaus. Ich will darauf hinaus, dass Martin Gensheimer Sie erpresst hat, und Sie haben ihn damit konfrontiert, nachdem er hier angekommen war«, schlug Gabriel endlich zu, doch die Journalistin fiel nicht in sich zusammen, sondern bebte vor Zorn, bevor sie antwortete.

»Dasselbe habe ich auch schon diesem halb kriminellen Mistkerl erzählt: Es gab nie eine Einflussnahme auf meine Arbeit. Versuche ja, aber ich habe nie auch nur einen Cent angenommen und auch keine Gefälligkeiten wie Vergünstigungen oder sachliche Zuwendungen«, brauste Hanno auf. »Ich lasse mich von niemandem verleumden!«

»Warum kam es dann zum Streit mit Gensheimer? Einfach nur, um ihm Ihre Meinung zu sagen?«, fragte Merle. »Das kann ich mir nicht vorstellen. Sie wirkten bislang äußerst kontrolliert auf mich. Dass Sie so aus der Haut fahren kann nur bedeuten, dass entweder etwas an Gensheimers Beschuldigungen dran ist, oder aber, dass seine Erpressungsversuche funktioniert haben.«

»Ich bin nicht käuflich!«

»Was hat es dann mit den einhunderttausend Euro auf sich? Und Malta?«, klinkte Gabriel sich wieder in die Befragung ein. »Wenn Sie nichts zu verbergen haben, dann können Sie es uns ja sagen, oder? Sonst fürchte ich, dass es uns schwerfallen wird, Ihnen zu glauben.«

Erika Hanno taxierte sie mit knirschenden Zähnen und sah zur Tür, dann zurück zu ihnen.

»Wir sind nicht Ihre Feinde. Wir sind die Polizei und darum bemüht, ein Verbrechen aufzuklären. Wenn Sie wirklich unschuldig sind, haben Sie nichts zu befürchten.«

»Und selbst wenn«, wandte Merle ein, »sind wir wegen eines Tötungsdelikts hier, nicht wegen anderer Dinge, die wir sonst noch erfahren könnten. Wenn niemand sie zur Anzeige bringt, erfährt auch niemand davon.« Sie sah fragend zu Gabriel und er nickte.

»Das geht Sie, verdammt noch mal, nichts an!«

»*Was* geht uns nichts an, Frau Hanno? Je eher Sie mit uns kooperieren, desto schneller können wir diese Sache aus dem Weg räumen und Sie wieder in Frieden lassen. Oder Sie verweigern ein Gespräch mit uns und rücken sich damit in den möglichen Täterkreis.« Gabriel wusste, auf was für einem dünnen Eis er sich bewegte. Allein seine letzte Aussage könnte ihm unter normalen Umständen Probleme mit der Dienstaufsicht einhandeln. Aber seine Gegenüber war momentan ohnehin nicht in der Verfassung, das gegen ihn zu verwenden.

»Ich habe eine Tochter«, sagte Hanno schließlich. »Sie leidet an einem seltenen Gendefekt, und die Behandlung kostet etwas über einhunderttausend Euro bei einem Spezialisten auf Malta. Thomas Berger hat mir einen Kontakt bei einer Münchner Bank gegeben, wo ich ein Darlehen unter guten Konditionen bekommen habe. Aber ich habe ihn mehrfach darauf hingewiesen, dass ich für diesen Gefallen keinerlei Gegenleistung erbringen werde und meine Texte weiterhin dem entsprechen werden, was ich für richtig und von meinen Recherchen als Fakten gedeckt erachte.«

»Hm«, machte Gabriel und ließ sich zurückfallen, bis sein Rücken die Wand berührte. »Das tut mir sehr leid mit Ihrer Tochter.«

»Sparen Sie sich das plötzliche Mitleid.«

»Wir werden Sie jetzt erst einmal alleine lassen. Danke für Ihre Kooperation, Frau Hanno«, sagte Merle und tippte Gabriel an, damit er ihr hinaus auf den Flur folgte.

»Ich glaube ihr«, sagte er.

»Ich auch. Aber ein rot leuchtendes Motiv hat sie trotzdem«, entgegnete sie leise. »Gensheimer hat ganz offensichtlich viele Mitarbeiter des Bauunternehmens, das die Bohrinsel umgebaut hat, befragt und für sich arbeiten lassen. Scheinbar nicht nur, um sich die Informationen zu erarbeiten und belegen zu lassen, die er schon von dem Essen in Düsseldorf mit Thomas Berger hatte, sondern auch, um Schmutz über Erika Hanno zu finden.«

»Sie hat immerhin seinem neuen Klienten, Energon, kräftig in die Suppe gespuckt. War ihm also ein Dorn im Auge.«

»Ja. Das ist noch nett ausgedrückt. Energon könnte sie dafür mitverantwortlich machen, die Ölkonzessionen verloren zu haben. Es braucht nicht viel Fantasie, um sich vorzustellen, wie Gensheimer, der nie um krumme Dinger verlegen gewesen zu sein schien, Geld hat fließen lassen, um Mitarbeiter des Bauunternehmens Fotos schießen zu lassen, und per Handy Audio- und Videomitschnitte auf der Baustelle anzufertigen. Vor Gericht wäre das alles zwar eine stattliche Indiziensammlung, aber möglicherweise unzulässig oder nicht ausreichend, um eine zwingende Beweislast darzulegen.«

»Das braucht es ja auch gar nicht. Ein Gerichtsverfahren wäre der Tod von Erika Hannos Reputation und damit auch ihrer Karriere. Gensheimer brauchte nichts zu beweisen, nur glaubhaft anzudeuten und sämtliche Medien hätten Angst, dass ihnen Scheiße an den Fingern klebt, wenn sie mit ihr arbeiten.« Gabriel schüttelte den Kopf. »Scheint ein echter Mistkerl gewesen zu sein, unser Toter.«

»Das bedeutet aber auch, dass ihr Motiv nur noch stärker wird. Natürlich hat sie mit ihm gestritten, weil er gedroht hat, ihre Karriere zu zerstören«, sagte Merle.

»Die Frage ist, warum er ihr gedroht hat. Um sie zu erpressen, klar, aber wofür?«

»Eine ihm und Energon hilfreiche Berichterstattung zu seinem kommenden Klageverfahren gegen Berger&Benelli und ihr Projekt Nordseetraum, natürlich.«

Gabriel dachte darüber nach und nickte schließlich. »Sie stand damit in einem Dilemma. Mitansehen, wie ihre Karriere zerstört wird, aufgrund einer Lüge, die sie trotzdem schlecht aussehen lässt oder ihre ihr offenbar äußerst wichtigen Grundsätze verraten, indem sie sich bestechen lässt. Denn eine Erpressung ist im Grunde nichts anderes, nur dass sie nichts bekommt, sondern behalten darf.«

»Die dritte Lösung war es, Martin Gensheimer umzubringen, damit keine der beiden für sie inakzeptablen Ergebnisse ihres Streits eintreten. Sie stellt ihn im Maschinenraum ein zweites Mal zur Rede und es kommt zu Handgreiflichkeiten. Er stürzt und stirbt. Ihr Problem ist gelöst.«

»Und sie hat vorher ein Interview mit Herbert Lühn und Fram Andersen geführt, wie sie uns erzählt haben«, fügte er hinzu. »Sie wusste also vermutlich genug über den Maschinenraum und wie sie hineingelangen würde. Satan, das ist in der Tat ein starkes Motiv mit einigen Indizien.«

»Bleibt nur noch eine Frage.«

»Ihr Alibi.«

Merle nickte und deutete auf die Tür. Sie strafften sich und kehrten nach kurzem Klopfen noch einmal zu der Journalistin zurück.

»Eine vorerst letzte Frage«, sagte er. »Wo waren Sie vor etwa drei Stunden?«

Erika Hanno musterte ihn mit ausdrucksloser Miene. Offenbar hatte sie die kurze Zeit genutzt, um sich wieder zu fangen.

»Auf dem Dach«, sagte sie. »Ich habe in der Kantine ein Interview mit dem leitenden Wartungsingenieur und seinem Elektriker geführt. Danach bin ich aufs Dach gegangen und habe Fotos für meine Story geschossen.«

»Mit dem Smartphone?«, fragte Merle.

»Ja.«

»Was ist mit Ihrer Kamera?«

»Ich habe keine dabei.«

»Eine Journalistin ohne Kamera?«

»Normalerweise habe ich Fotografen und kümmere mich um Recherche und das Schreiben«, erklärte Hanno.

»Für so eine Einladung wie diese?« Merle gab sich keine Mühe, ihren Unglauben zu verbergen.

»Das hier ist 2023, nicht jeder Zeitungsjournalist geht da noch mit einer riesigen Spiegelreflex aus dem Haus.«

»Können wir sie sehen?«

»Wie bitte?«

»Die Bilder auf Ihrem Smartphone.«

Hanno nickte, holte ihr Handy heraus, tippte und scrollte kurz und streckte ihnen dann das Display hin. Darauf zu sehen waren die grauen Wellen der Nordsee, im Vordergrund wechselnde Teile des Dachs und die zu der Zeit noch heraufziehenden dunklen Gewitterwolken der Dämmerung.

»Wären Sie einverstanden, dass wir uns die Fotos genauer anschauen, um die Uhrzeit festzustellen, wann sie geschossen wurden?«

»Nein.«

»Und warum nicht?«, verlangte Merle zu wissen.

»Das wissen Sie so gut wie ich: Mein Handy ist das Gravitationszentrum meiner Arbeit, die vor allem aus Kontakten besteht. Kontakten, die geschützt bleiben müssen, weil unsere Verbindungen vertraulich sind. Ich werde Ihnen also ganz sicher nicht mein Telefon aushändigen, damit Sie es durchwühlen, selbst wenn Sie mir Ihr Ehrenwort geben, nur die entsprechenden Fotos auf ihre Zeitstempel zu analysieren.«

Gabriel verstand genau, wann nichts zu machen war, und Erika Hannos Argumenten wusste er in diesem Fall nichts entgegenzusetzen. Also verließen sie das Zimmer wieder.

KAPITEL 11
NAATU PATEL

»Die Frau ist schwer zu knacken«, befand er.

»Das kann man wohl sagen. Willst du eine Pause machen, oder …?«

»Nein. Machen wieder lieber weiter. Vielleicht wird der Nächste ja etwas einfacher.«

»Wen schlägst du vor?«, fragte Merle.

Gabriel überlegte kurz. »Wie wär's mit Naru Patel?«

»*Naatu* Patel?«

»Ja.«

»Wie gut ist dein Englisch?«

»Ausreichend, denke ich.«

»Also gut, dann los.« Sie ging vor, zählte die Türen ab und hielt dann vor der letzten auf dem Flur an. »Das müsste das richtige Zimmer sein.«

Gabriel ging hinein und nickte dem Inder zu, der auf dem rechten Bett saß und entspannt in seine Richtung blickte.

»Guten Abend, Herr Patel.«

»Guten Abend«, antwortete Patel mit schwerem Akzent, der seine Worte beinahe zur Unkenntlichkeit verzerrte.

»Sie sind extra aus Indien angereist?«

»*Sorry, my German is very basic – at best.*«

»Kein Problem«, sagte Gabriel nun ebenfalls auf Englisch. »Wir können genauso gut Englisch sprechen.«

»Ah, das hätte ich nicht erwartet.«

»Ich bin während meines Studiums und danach sehr viel gereist.«

»Reisezeit ist die beste Währung, sagt man.« Patel lächelte freundlich. In seinem ebenholzfarbenen Gesicht glänzten die Zähne weiß wie Milch. Er sah freundlich aus, sanft, doch seine Augen verrieten eine zurückhaltende Klugheit.

»Woher stammen Sie aus Indien?«, fragte Gabriel.

»Wieso? Waren Sie schon mal da?«

»Mehrfach.«

»Ich stamme aus Tiruvannamalai«, erklärte der Investor.

»Ah, da ist der Ashram von Ramana Maharshi. Den habe ich damals besucht, weil ich sein Buch *Wer bin ich?* gelesen habe. Der Ashram war beeindruckend, auch ohne den verstorbenen Meister. Nur vom Arunachala war ich ein wenig enttäuscht. Aus seinen Erzählungen hatte ich ihn mir irgendwie mystischer vorgestellt.«

»Ramana Maharshi war verliebt in den Berg, ich denke, dass niemand ihn so sehen konnte wie er. Aber er war ein Erleuchteter, wer weiß schon, was im erwachten Geist wirklich vor sich geht?«, fragte Patel unverbindlich.

»Ich wünschte, ich hätte ihn noch während seiner Lebzeiten besuchen können.« Gabriel winkte ab. »Aber wenigstens habe ich die blauen Säulen des Arunachaleswara-Tempels berührt, wie es sich gehört. Sie sind sicher Bramane, oder?«

»Ja, meine Familie gehört seit jeher der Kaste an.«

»Dann konnten sie ja schon als Kind die Hand danach ausstrecken«, sagte er mit unverhohlenem Neid. Der Tempel hatte ihn vor zehn Jahren mit seiner Atmosphäre und Farbenpracht extrem beeindruckt.

»Das ist richtig«, bestätigte Patel. »Aber als Kind weiß man solche Dinge noch nicht wirklich zu schätzen – sehr zur Enttäuschung der eigenen Eltern natürlich.«

»Kann ich mir vorstellen. Tragen Sie in Indien Kurta und Turban?«

»Nur zum Diwali«, verneinte der Inder.

»Aber dann in den typischen Farben Ihres Bundesstaates, nehme ich an?«

»Tamil Nadu.« Sein Gegenüber nickte.

»Bunt wie ein Regenbogen.« Gabriel setzte sich und seufzte. »Ich fand das immer sehr schön. So lebendig.«

»Wie unser scharfes Essen.« Patel grinste. »Aber Sie sind sicher nicht hergekommen, um über mein Heimatland zu plaudern, nehme ich an? Auch, wenn mich Ihre Erfahrung mit Indien sehr ehrt.«

»Nein, tatsächlich nicht«, gab er zu und faltete die Hände auf dem Schoß. Merle bedeutete ihm mit einem Nicken, dass sie das Protokollieren übernehmen würde. »Aber eine Sache würde ich noch gerne wissen. Ich bin ein riesiger Brot-Fan. Unser deutsches Brot, klar, aber vor allem von indischem Brot. Wie essen Sie Ihr Paratha am liebsten?«

»Äh, wie bitte?«, fragte Patel verblüfft und blinzelte ein paar Mal.

»Paratha. Das Brot. Ich weiß, dass man es in Tamil Nadu am liebsten weich ist, ohne Butter. Aber seien wir doch mal ehrlich.« Gabriel zwinkerte dem Inder zu, als wären sie gute Freunde. »Die nordindische Variante ist doch am besten, oder? Knusprig außen, weich innen, mit Butter drauf, die langsam verläuft. Mhm, köstlich.«

»Nun, da haben Sie recht.« Patels Lächeln wurde breiter. »Selbst als südindischer Patriot muss ich unseren nördlichen Landsleuten zugestehen, dass sie das beste Paratha machen.«

»Spannend.«

»Was ist spannend?«

»Sie.«

»Äh. Danke?«

»Nein, wirklich. Sie sprechen wie ein Inder, Sie sehen aus wie ein Inder. Aber Sie waren noch nie in Indien, oder zumindest nur sehr kurz«, sagte Gabriel, und Patel fiel für einen Moment alles aus dem Gesicht. Merle erstarrte neben ihm, und er konnte ihre Blicke auf sich spüren wie gleißendes Feuer. Bevor sein Gegenüber etwas erwidern konnte, hob er die Hände, um ihn davon abzuhalten. »Bevor Sie anfangen, alles zu leugnen, würde ich gerne etwas ausprobieren.« Gabriel wechselte für seine nächsten Sätze ins Deutsche zurück: »Sie sind ein Betrüger, und ein guter Freund von mir befindet sich auf diesem Deck, ganz in der Nähe. Er ist Generalstaatsanwalt von Schleswig-Holstein und ich würde Sie gerne in einer Zelle befragen, statt hier.« Er stand auf und gab Merle ein Zeichen. »Wir nehmen ihn mit und lassen uns von Heinrichsen Untersuchungshaft anordnen.«

Patel schwieg.

»Sag Schoki, dass sie Fotos von der Verhaftung machen und dass Erika Hanno mit ihrer Kamera auf dem Flur warten soll, wenn wir herauskommen. Dann hat sie Ihre Story«, fuhr Gabriel fort.

»Das dürfen Sie gar nicht!«, platzte es plötzlich aus Patel heraus. Von seinem indischen Akzent war nichts mehr zu hören, und sein Deutsch war akzentfrei.

»Sie sind ein echtes Naturtalent«, sagte Gabriel mit gespielter Anerkennung. »So schnell hat noch niemand Deutsch gelernt.«

Patel – oder wie auch immer er heißen mochte – machte ein finsteres Gesicht. »Ich kenne meine Rechte, und ich habe nichts verbrochen. Ohne begründeten Verdacht auf eine begangene schwere Straftat, können Sie mich nicht in Untersuchungshaft nehmen.«

»Und warum sollten Sie sich so gut auskennen, hm?«

»Ich tue es eben.«

»Merle, könntest du bitte sein Zimmer durchsuchen?«, fragte er in Richtung seiner Kollegin.

»Klar. Bin gleich wieder da.«

»Das dürfen Sie nicht! Das sind Privaträume, und Sie haben keinen Durchsuchungsbeschluss«, protestierte Patel.

»Sie können mich ja verklagen«, schlug Gabriel vor und tat, als würde er nachdenken. »Aber warten Sie, das wäre ziemlich unklug, weil dann müssten die Behörden sich auch mit Identitätsfälschung beschäftigen, nehme ich an? Oder wie erklären Sie, dass Sie angeblich aus Tamil Nadu kommen und sagen, dass Sie Ihre bunte Kurta und den farbenfrohen Turban nur an Diwali tragen? Dabei trägt man dort weiße Mützen und weiße Lungis. Die bunten sind typisch für Rajasthan. Paratha ist knusprig in Tamil Nadu, nicht im Norden. Die Säulen des Arunachaleswara sind grau, nicht blau.«

»Wie sind Sie darauf gekommen, meine Herkunft anzuzweifeln?«, fragte der Inder mit berechnendem Blick.

»Ich bin so vielen Indern begegnet und ich liebe die herzensgute Freude, die sie ausstrahlen. Jedesmal, wenn ich mit ihnen spreche, freuen sie sich darüber, dass ich mich so sehr für ihre Kultur interessiere. Aber nicht Sie. Sie sind kurz und knapp und auf den Punkt und ziemlich humorlos, fast schon, als wären Sie hier aufgewachsen.« Gabriel musterte Patel. »Das war übrigens ein Scherz.«

»Sehr witzig.«

»Hören Sie, ich bin wegen einer einzigen Sache hier: Ich will einen Todesfall aufklären. Warum Sie sich als jemand ausgeben, der Sie nicht sind, ist mir ehrlich gesagt egal. Sie müssen mir auch nichts mitteilen, was ich als Straftat werten und anzeigen müsste. Beantworten Sie mir einfach ein paar Fragen, und ich lasse Sie in Ruhe«, schlug er vor.

»Was wollen Sie wissen?«

»Wie heißen Sie?«

»Würden Sie mir glauben, wenn ich es Ihnen sagen würde?«, konterte Patel.

»Spielt das eine Rolle?«

»Paul Leutheusser.«

»Ungewöhnlicher Name.«

»Wieso? Ich wurde durch eine Patenschaft nach Tamil Nadu adoptiert. Ich kam als Weise nach Deutschland, da war ich nicht einmal ein Jahr alt«, erklärte Leutheusser. »Bevor Sie wieder mit kulturellen Klischees anfangen wollen.«

»Würde ich ja gerne, doch *allein mir fehlt die Zeit.*« Gabriel hob unschuldig die Arme. »Was haben Sie hier zu suchen?«

»Ich wollte Geld investieren.«

»Lassen Sie das. Da sind wir doch schon drüber hinweg.«

»Sind wir das? Sie wissen gar nichts über mich, und ich muss Ihnen noch nicht einmal die Wahrheit über irgendwas sagen.«

»Sie kennen offenbar Ihre Rechte. Aber ein Recht haben *wir* auch. Ihre Identität zu überprüfen. Weisen Sie sich also bitte aus. Jetzt«, verlangte Gabriel mit harter Stimme.

Leutheusser musterte ihn abschätzig und griff dann in seine Jackentasche, um ein kleines Kompaktportemonnaie herauszuziehen. Kurz darauf reichte er ihm einen Personalausweis, der ihn tatsächlich als Paul Leutheusser auswies. Ob er wohl damit gerechnet hatte, dass Gabriel seine Identität überprüfen würde und deshalb bei seinem Namen die Wahrheit gesagt hatte?

»Aus Berlin, interessant. Ich frage mich, was wir zu diesem Namen in Berlin wohl finden werden«, dachte Gabriel laut.

»Nicht viel.« Sein Gegenüber zückte sein Handy und wedelte damit in seine Richtung. »Kein Empfang, schon vergessen? Damit würden Sie sicherlich nichts zu tun haben, oder?«

»Sicherlich nicht«, log Gabriel.

»Na dann. Haben Sie sonst noch irgendwelche Fragen?«

KAPITEL 12
KONSTANTIN WOLJOW

»Mir raucht der Kopf.« Merle seufzte.

Gabriel führte sie aus dem Flur in den Korridor mit den Fahrstühlen. Das entfernte Summen der Gasturbinen, die das Hotel mit Energie versorgten, hatte hier etwas Beruhigendes an sich. Es klang so, als wäre unter dem Boden ein Bienenstock versteckt.

»Mir auch«, gab er zu und nahm einen tiefen Atemzug. »Was haben wir bisher: Thomas Berger, den Inhaber und Vorstandsvorsitzenden der Hotelkette Berger&Benelli, der seinen ehemaligen Kontakt überreden wollte, das Kriegsbeil zu begraben, aber Grund genug hätte, ihn aus dem Weg zu räumen und ihm eigentlich nicht hätte vertrauen sollen. Wir haben seine Frau, Katrin Berger, Geschäftsführerin von Berger&Benelli, die sich hochgekämpft hat und weniger naiv als ihr Mann zu sein scheint. Sie hat gerochen, was Gensheimer ihnen und vor allem ihrer harten Arbeit antun wollte, und ebenfalls ein Motiv, ihn loszuwerden. Und sie hat über ihr Alibi gelogen. Sie war nicht in der Sauna. Als nächstes Angela Friedrichsen, die Geschäftsführerin des Hotels Nordseetraum, hatte eine Affäre mit dem Opfer und wollte ihn dazu drängen, seine Frau zu verlassen. Sie hatten einen Streit und sie hat ihn erpresst, worauf er offenbar nicht eingegangen ist. Sie könnte die Beherrschung verloren haben. Sarah Gensheimer, die Frau des Opfers, hat ihrem Mann schon lange misstraut und den Streit der beiden belauscht. Sonderlich beherrscht wirkte sie ohnehin nicht, auch ihr wäre es zuzutrauen. Dann wäre da noch Erika Hanno, die von Martin Gensheimer erpresst worden ist und so in ein für sie unauflösbares Dilemma gezwungen wurde, das ihr ausweglos erschienen sein könnte. Sie hat die beiden Techniker interviewt und hätte womöglich gewusst, wie sie in den Maschinenraum gelangt. Das sind fünf Personen mit fünf Motiven und teilweise wackeligen Alibis.«

»Und genau deswegen raucht mir der Kopf. Wir sind erst bei der Hälfte«, sagte Merle und hob gedankenverloren eine Hand, um an ihrer Haarsträhne zu spielen, wie sie es immer tat, wenn sie nachdachte, nur um festzustellen, dass sie nicht mehr da war.

»Immerhin sind bislang alle kooperativ und reden«, gab er zurück. »Das hätte auch schwieriger ablaufen können. Wen nehmen wir als Nächstes? Einen der Investoren? Den Russen?«

»Ist mir egal.«

»Brauchst du eine Pause?«

»Nein«, versicherte sie ihm und schüttelte den Kopf. »Wir ziehen das jetzt durch. Ich bin ganz neu in eurer Einheit und habe keine Lust, nur dazugekommen zu sein, um ihr Ende mitzuerleben.«

»Ist auf jeden Fall eine Feuertaufe«, befand Gabriel. »So viel steht fest. Woljow also.«

»Mhm.«

Konstantin Woljow lag auf seinem Bett, den stattlichen Bauch in die Höhe gereckt. Auf dem kleinen Tischchen unter dem Bullauge lag eine Serviette mit Krümeln darauf.

»Sind Sie Investor oder Schmuggler?«, fragte Gabriel, und

der ehemalige russische Oligarch erhob sich schwerfällig in eine sitzende Position.

»Was sagen Sie?« Die Stimme des Mannes klang schleppend, was aber auch an seinem starken russischen Akzent liegen mochte.

Gabriel deutete auf die Serviette. »Sie haben es geschafft, etwas von der Cressini-Vorspeise mitgehen zu lassen.«

»Ich hatte Hunger.« Woljow grinste, wobei ein Goldzahn in seinem Gebiss glänzte wie eine kleine Sonne.

»Und?«

»Was *und*?«

»Hat die Vorspeise Sie überzeugt?«

»Sie war gut. Aber ich habe mehr Hunger.«

»Auf Anteile an dem Hotel?« Gabriel machte es sich auf dem Bett gegenüber bequem. Diesmal machte Merle die Notizen.

»Vielleicht. Ein paar Cressini-Stangen wecken keinen sehr … wie sagen Sie? Genauen Appetit?«

»So ähnlich. Ihnen scheint die Tatsache, dass es einen Toten gegeben hat, zumindest nicht auf den Magen geschlagen zu sein.«

»Nein. Wo ich aufgewachsen bin, habe ich Schlimmeres erlebt«, sagte Woljow.

»Auch, als Sie reich geworden sind?«

»Wird das eine Dokumentation über den Aufstieg der Oligarchen in Russland?«

»Nein. Kannten Sie Martin Gensheimer?« Gabriel schlug eine neue Richtung ein.

»Nicht persönlich, nein.«

»Was meinen Sie damit?«

»Ich war vorbereitet, als ich hierhergekommen bin. Das bedeutet, dass ich Informationen über alles und jeden hatte, bevor ich mich entschlossen habe, der Einladung von Thomas Berger zu folgen. Und ja, das schließt auch den Anwalt mit ein, der meinen möglichen zukünftigen Geschäftspartner erpressen wollte«, erklärte Konstantin Woljow schleppend. Es kam nicht oft vor, dass Gabriel in einer Befragung vollkommen überrumpelt wurde, doch für einen Moment verschlug es ihm die Sprache. »Was? Wie, dachten Sie, habe ich in Russland überlebt, wo es vor FSB-Agenten nur so wimmelt, die deine Firma unterwandern und an den Kreml berichten?« Der Exilrusse lachte schallend. Er klang wie ein hustender Bär. »Sie sollten ihr Gesicht sehen! Ha!«

»Woher wussten Sie von dem Erpressungsversuch?«, fragte Gabriel um Gelassenheit bemüht.

»Ich wusste es nicht, Sie haben es mir mit Ihrer Frage gerade verraten.«

Merle warf ihm einen warnenden Blick zu, aber den hätte es nicht gebraucht. Dieser Mann war mit allen Wassern gewaschen, und Gabriel hätte es wissen müssen, statt sich so vorführen zu lassen.

»Hören Sie, Kommissar ...«

»Hauptkommissar«, korrigierte er sein Gegenüber.

»Gut. *Hauptkommissar.* Ich wusste, dass dieser Anwalt nichts Gutes bedeutet, und ich wusste von seiner Nähe zu Energon. Eine kleine Marktanalyse mit Konkurrenten und alten Feinden gehört für jede anstehende Investmententscheidung zum Standard. Ich habe eine ganze Armee an Privatkommissaren, die das Umfeld ableuchten. In Russland herrscht ein harter Ton und der macht vorsichtig. Und daraus ziehe ich dann meine Schlüsse.«

»Sie meinen Privatdetektive?«

»Ja. Mein Deutsch ist noch nicht perfekt.«

»Es ist gut genug«, versicherte Gabriel ihm. *Gut genug, um mich in eine Falle zu locken.* »Haben Ihre Privatermittler etwas über Martin Gensheimer herausgefunden?«

»Nichts Genaueres, nein. Nur, dass er verschlagen ist – hätte in Russland Karriere machen können, nach dem Fall der

Sowjetunion, ha! Ich wusste auch, dass er und Thomas Berger ein ergebnisloses Treffen hatten vor ein paar Jahren. In Duseldorf, glaube ich.«

»Düsseldorf?«

»Ja, genau!« Woljow klatschte in die Hände und streckte einen Finger in seine Richtung aus, als wollte er einem Teamkameraden nach einem erfolgreichen Torschuss für die Vorlage danken.

»Ziemlich viel Aufwand für eine Investition, von der Sie angeblich noch gar nicht sicher sind, ob Sie sie tätigen wollen, denken Sie nicht?«

»Ich mache lieber viel Aufwand für zehn Chancen, von denen ich nur eine nutze, als irgendwas zu übersehen. Der Teufel steckt immer im Detail. So sagt man doch auf Deutsch, ja?«

»Haben Sie eine Anfangsinvestition geleistet?«, fragte Merle dazwischen, und Woljow sah sie an, als realisiere er erst jetzt, dass es die Oberkommissarin auch noch gab.

»Ja«, sagte er neutral.

»Wie hoch war die?«

»Nicht sehr groß.«

»Das ist wenig konkret«, hakte Merle nach. »Geben Sie uns doch bitte eine Zahl. Die können wir dann später in den Büchern nachprüfen.«

»Zwanzig Prozent«, sagte er mit sichtlichem Widerwillen.

»Zwanzig Prozent Anschubfinanzierung?«

»Nein.« Woljow schüttelte den Kopf. Seine Wangen wackelten dabei wie bei einer Bulldogge. »Zwanzig Prozent der gesamten Baukostendeckung.«

»Wie hoch war die Anfangszahlung für den Kredit?«

»Zwanzig Millionen Euro. Fünfzig Prozent.«

»Das heißt«, entgegnete Merle, »dass Sie beinahe die Hälfte der nötigen Kreditanzahlung bei der Bank geleistet haben. Ich würde sagen, dass Sie nicht bloß Appetit haben,

Herr Woljow, sondern bereits das ganze Menü bestellt haben.«

»Ach, lassen wir doch die Metaphern.«

»Jetzt auf einmal.« Gabriel sah zu seiner Kollegin und schnaubte.

»Sie wollen doch wissen, ob ich etwas mit dem Mord an dem Herrn Gensheimer zu tun habe, richtig? Darum sind Sie hier.«

»Wir haben nicht gesagt, dass es ein Mord war.«

»Gensheimer ist tot, und Sie glauben, jemand hat ihn umgebracht. Das ist doch dann Mord?«

»Nein, das ist deutlich komplizierter. Es gibt mehrere Formen der Tötungsdelikte. Glauben Sie denn, dass es ein Mord war?«, fragte Gabriel.

»Vielleicht ist mein Deutsch da nicht ausreichend«, entgegnete Woljow achselzuckend.

»Ich denke, Ihr Deutsch ist durchaus gut genug. Hatten Sie Sorge, dass Herr Gensheimer Ihnen Ihre Investition kaputt machen könnte?«

»Natürlich.«

»Schließlich stehen Sie unter großem Druck.«

»Ja. Das ist jedem bekannt, der mich bei Markus Lanz oder Maybrit Illner gesehen hat, nach meiner Flucht aus Moskau.« Der ehemalige Oligarch spreizte die Arme ab und legte den Kopf schief. »Es wird von mir erwartet, dass ich mein politisches Asyl so ausfülle, wie es Politik und Öffentlichkeit von mir wollen. Als Informant und Arbeitgeber, der sein dreckiges Geld zu *gutem* Geld macht.«

»Davon scheinen Sie nicht viel zu halten«, meinte Merle.

»Geld ist immer schlecht, glauben Sie mir.«

»Der Druck ist also da, denn Sie sind nicht mehr so reich wie früher«, führte Gabriel das Gespräch zurück auf die Bahn, die er geplant hatte. »Und zwei falsche Investments überleben Sie nicht. Habe ich bei *Lanz* gehört.«

Er zwinkerte Woljow lakonisch zu.

»Diese Bankgeschichte war ein Reinfall, ja.«

»Und Gensheimer war eine Gefahr für Ihre letzte Chance.«

»Natürlich.«

»Und in Russland kannten Sie härtere Bandagen als hier in Deutschland. Dort *herrscht ein rauerer Ton,* wie Sie eben sagten«, fuhr Gabriel fort, ohne seinen Blick von dem Russen zu nehmen. »Das schließt in Russland doch auch die Beseitigung von Konkurrenten und Feinden mit ein, habe ich recht?«

»Das habe ich nicht gesagt.«

»Nein, Sie haben es angedeutet.«

Woljows ohnehin kleine Augen wurden noch kleiner. »In Russland mag es von Zeit zu Zeit dazu kommen, das ist ein offenes Geheimnis. Aber wir sind gerade nicht in Russland.«

»Also haben Sie Ihre härteren Bandagen in Ihrer alten Heimat gelassen, als Sie ihr den Rücken gekehrt haben?«, fragte Gabriel.

»Wie gesagt, das hier ist Deutschland.«

»Also ja?«

»Ja.«

»Aber Ihre Angewohnheit aus Russland, Privatdetektive anzuheuern, um Schmutz über Ihre Gegner zu finden, die haben Sie importiert und behalten.«

»Ich sehe, was Sie da versuchen«, sagte Woljow und wackelte mit den Händen, als wolle er Gabriel verscheuchen. »Aber ich würde niemals eine Straftat begehen. Das hier ist hoffentlich meine neue Heimat, und ich möchte mich als guter Bürger integrieren.«

»Sie spielen auf Ihre Asylauflagen an«, bemerkte Merle. Ihr Kugelschreiber flog unablässig über die Seiten des Notizblocks.

»Sagen wir einfach, dass es sehr dumm wäre, wenn ich mir

etwas zuschulden kommen lassen würde. Wegen des Asylverfahrens, aber auch generell.« Woljow beugte sich vor. »Sie sehen in mir vielleicht das Klischee des verschlagenen, halb kriminellen Oligarchen, der sich am Zerfall der Sowjetunion bereichert hat. Aber denken Sie daran: Ich habe neunzig Prozent meines Vermögens, die meisten meiner Freunde und ein Leben in Reichtum aufgegeben, als ich Russland verlassen habe. Dazu habe ich mir einen Feind gemacht, der im Kreml herrscht und dafür bekannt ist, seine Gegner umbringen zu lassen. Glauben Sie wirklich nicht, dass ich eine starke Motivation hatte, mein Leben zu ändern? Zu etwas Gutem?«

Gabriel ließ die kurze Rede des Mannes über sich ergehen und schmeckte seine Worte ab. Waren sie Lügen? Schwer zu sagen bei einem Mann, dessen zweite Muttersprache die meiste Zeit seines Lebens vermutlich die Lüge gewesen war. Nicht leugnen ließ sich allerdings auch, dass er ein Leben aufgegeben hatte, um das ihn neunundneunzig Prozent der Menschen beneidet haben.

»Das ist alles schön und gut, Herr Woljow, und Sie haben dafür meinen Respekt«, sagte Gabriel nach einer längeren Stille. »Aber eine Frage stellt sich mir trotzdem: Bei all dem, was Sie zurückgelassen und aufs Spiel gesetzt haben, steigt doch nur noch der Einsatz. Sie müssen alles dafür tun, aufs richtige Pferd gesetzt zu haben und nicht in Armut zu enden, oder gar zurückgeschickt zu werden. Das alles erhöht nur den Einsatz für Sie. Ich glaube, dass Gensheimer Sie in eine Ecke gedrängt hat, aus der Sie keinen Weg mehr herausgesehen haben.«

»Außer in alte Gewohnheiten zu verfallen«, sagte Merle.

»Ich habe ihn nicht umgebracht«, beharrte Woljow, und von seiner vermutlich künstlichen Unbeschwertheit war nichts mehr zu sehen. »Mich in sprachliche Fallen reinzuwerfen – das ändert nichts daran.«

»Wir werden sehen. Letzte Frage«, richtete Gabriel sich

wieder an den ehemaligen Oligarchen. »Wo waren Sie vor etwa drei Stunden?«

»Da war ich vermutlich gerade vor der Tür von Ludmilla Tschernanskajas Suite.«

»Oh?«, machte Gabriel.

»Sie ist Ukrainerin, und ich wollte mögliche kulturelle Differenzen wegen des Krieges ausräumen und ihr versichern, dass das nicht zwischen uns stehen wird von meiner Seite«, erklärte Woljow.

»Denken Sie nicht, dass Frau Tschernanskaja das wusste, weil Sie sich von Putin losgelöst haben?«, fragte Merle.

»Ich gehe da lieber auf Nummer sicher. Außerdem wollte ich mit ihr verhandeln. Ich möchte mein Investment erhöhen und hätte sie gerne dabei gehabt. An Bord, so sagt man doch, ja?«

»Ja.« Gabriel stand auf, und Merle schrieb ihren letzten Satz zu Ende, bevor sie sich zurückzogen. »Das hört nicht auf mit den Motiven.«

»Scheinbar nicht. Am Ende kommt raus, dass sie sich alle gegenseitig auf die Füße getreten sind, um Gensheimer als Erster ermorden zu dürfen.« Als er den Blick bemerkte, mit dem sie ihn bedachte, hob er die Hände. »Was denn? Zu früh für Witze?«

»Wenigstens nicht schlimmer als deine Flachwitze.«

»Meinst du solche wie: *Was trinkt eine Führungskraft am liebsten?*«

»Nein! Lass es!«

»Leitungswasser.«

»Ich habe gesagt: *nein.* Das ist Belästigung am Arbeitsplatz«, ächzte Merle resigniert. »Komm, wir sollten mit Tschernanskaja sprechen.«

»Okay, die letzte Tür links. Das sind mindestens zehn Schritte«, sagte Gabriel. »Wusstest du eigentlich, warum Robin Hood Deo klaut?«

»Herr, erbarme dich.«

»Er nimmt von den Reichen und verteilt es unter den Armen!«

»Die Katholiken haben recht: Es *ist* ein strafender Gott.« Merle seufzte und drückte ihm den Notizblock in die Hand, als sie die Tür erreichten. »Du bist dran mit dem Schreiben.«

»Nur um ganz sicher zu gehen: Damit meinst du nicht das Best Of meiner Flachwitze, oder?«

KAPITEL 13
LUDMILLA TSCHERNANSKAJA

Ludmilla Tschernanskaja wirbelte zu ihnen herum, als sie eintraten. Ihr mächtiger goldener Zopf hing ihr nach vorne über die Schulter, und mit der linken Hand zog sie daran, als wollte sie ihn ausreißen.

»Da sind Sie ja!«, fauchte sie mit ähnlich schwerem Akzent wie Woljow zuvor.

»Frau Tschernanskaja«, setzte Gabriel an, doch die ukrainische Investorin ließ ihm keine Zeit, seinen Satz zu beenden.

»Ich warte hier schon ewig. Sie können mich nicht einfach einsperren, wie einen Schneefuchs in der Falle!«

»Ich versichere Ihnen: Niemand sperrt Sie ein. Sie können jederzeit diesen Raum verlassen. Die räumliche Trennung von den anderen dient zuerst einmal Ihrer eigenen Sicherheit, da wir es hier mit einem Tötungsdelikt zu tun haben.«

Um Gabriels Worte zu unterstreichen, hielt Merle die Tür offen und deutete nach draußen in den Flur.

»Dort machen unsere Kollegen gerade Ihre Arbeit, also wird Ihre Bewegung etwas eingeschränkt sein, aber wir halten Sie nicht fest.«

»Ich habe nicht einmal Empfang. Ist einfach weg«,

schimpfte Tschernanskaja und wackelte mit ihrem Handy vor seinem Gesicht herum. »Warum nicht?«

»Draußen herrscht Sturm.«

»Das ist mir egal. Ich will mit meinem Anwalt sprechen.«

Gabriel tauschte einen Blick mit Merle.

»Warum möchten Sie einen Anwalt sprechen, Frau Tschernanskaja? Das hier ist keine Vernehmung und auch kein Verhör. Nur eine erste Befragung«, erklärte er ruhig.

»Ich weiß nicht, was hier los ist, und das gefällt mir nicht.«

»Nun, dann haben wir ja schon mal etwas gemeinsam. Nur dass wir das gerne ändern möchten. Mit Ihrer Hilfe können wir vielleicht dafür sorgen, dass wir beide wissen, was hier los ist. Wir stellen Ihnen nur ein paar Fragen, auf die können Sie antworten oder nicht. Sollte es Ihnen nicht gefallen, können Sie immer noch schweigen und warten, bis Ihr Privathelikopter Sie in ...«, er sah auf seine Armbanduhr hinab, »etwa zwanzig Stunden abholt.«

»Mithilfe bei der Aufklärung wäre uns allerdings am liebsten«, warf Merle ein und schloss die Tür, als die Ukrainerin keinerlei Anstalten machte, den Raum zu verlassen. »Das wäre für uns alle sicher am hilfreichsten.«

»Wollen Sie damit sagen, dass ich Ihnen verdächtig vorkommen würde, wenn ich nicht kooperiere?«, fragte Tschernanskaja düster.

»Wir wollen nur um Ihre Kooperation bitten und die ehrliche Beantwortung von ein paar wenigen Fragen«, versicherte Gabriel ihr.

Die in teure Chanel-Kleidung gehüllte Frau schien einen Moment zu überlegen, dann warf sie ihren Zopf zurück auf den Rücken und setzte sich auf die Bettkante neben ihr. Mit aufrechtem Rücken überschlug sie die Knie und legte graziös die Hände im Schoß zusammen, ehe sie gönnerhaft auf das gegenüberliegende Bett deutete.

»Danke.« Gabriel setzte sich und seufzte, als Merle auf den Notizblock in seinen Händen deutete.

»Frau Tschernanskaja«, begann seine Kollegin, »Sie sind in der Ukraine geboren und aufgewachsen, ist das korrekt?«

»Ja. In Saporoschje.«

»Warum sprechen Sie so gut deutsch?«

»Ich habe in München und Freiburg studiert.«

»Das war bestimmt nicht ganz billig.«

»Meine Familie war wohlhabend.«

»*War*?«

»Der Krieg hat nicht nur den Armen viel genommen«, gab Tschernanskaja mit. »Aber wir hatten in der Tat Glück, wohlhabend zu sein und uns in der Schweiz etwas Neues aufzubauen.«

»Woher kennen Sie Thomas Berger?«, fragte Merle.

»Von einem Empfang der Credit Suisse mit ausgewählten Shareholdern. Das war vor etwa sechs Monaten.«

»Hat er Sie da auf eine Investitionsmöglichkeit in sein neues Hotelprojekt angesprochen?«

»Ja.« Die Ukrainerin nickte. »Ich hatte ihm zuvor davon erzählt, dass meine Familie im Bau- und Hotelgewerbe tätig war. In der Ukraine. Aber er schien bereits gut informiert zu sein, und ich glaube, er hatte eine klare Strategie an dem Tag.«

»Ist das ungewöhnlich?«

»Nein. Diese Treffen sind im Prinzip Networkingevents, organisiert von Banken und Unternehmen. Ab einem bestimmten Vermögen findet alles nur noch in Form von Politik und gegenseitigen Gefälligkeiten statt.«

»Ich verstehe.« Merle machte eine kurze Pause, in der nur das Kritzeln von Gabriels Kugelschreiber auf dem Notizblock zu hören war. »Sie sind seiner Einladung offenbar gefolgt, haben also grundsätzlich Interesse an einem Investment in den Nordseetraum?«

»Natürlich, sonst wäre ich nicht hier«, sagte Tschernanskaja lakonisch.

»Natürlich. Kannten Sie Martin Gensheimer?«

»Das ist der Tote, von dem Sie gesprochen haben, oder?«

»Ja.«

»Nein. Ich habe nach seiner Ankunft von Herrn Woljow erfahren, dass er ein berühmter Rechtsanwalt ist. Ich habe aber noch nie von ihm gehört.«

»Herr Woljow hat es Ihnen gesagt. Reden Sie häufig mit ihm?«

»Bis heute habe ich noch nie mit ihm geredet. Sie können sich sicher vorstellen, weshalb.«

»Weil er Russe ist?«, fragte Merle.

»Ja. Und weil er ein Oligarch ist, ein Silowiki.«

»Was ist ein Silowiki?«, wollte Gabriel wissen.

»Ehemalige KGB- und Militärfunktionäre größtenteils, die nach dem Zusammenbruch der Sowjetunion hohe Posten in der Regierung bekommen haben, weil sie mit Jelzin, aber vor allem Wladimir Putin befreundet waren. Sie sind die wichtigsten Oligarchen, die sich am Zusammenbruch der Sowjetunion bereichert haben und de facto die Machthaber in Russland sind – nach dem Kremlherrscher, versteht sich. Sie stehen für Unterdrückung und Korruption, Geheimdienstmethoden in der Wirtschaft und absolute Skrupellosigkeit«, erklärte Tschernanskaja und wirkte mit einem Mal gar nicht mehr wortkarg.

»Also trauen Sie ihm nicht«, meinte Merle.

»Nicht weiter, als ich ihn werfen könnte, und er ist ziemlich fett.« Die Ukrainerin betrachtete sie mit nichtssagender Miene. »So geht doch das Sprichtwort?«

»Äh, so ähnlich. Eine andere Frage: Unterstützen Sie die Ukraine noch persönlich?«

»Ja. Ich spende jeden Monat große Beträge an die Armee und humanitäre Hilfsorganisationen in meinem Land. Und ich versuche so viel Einfluss im Westen auszuüben, wie es mir möglich ist, um Waffen- und Hilfslieferungen zu organisieren.«

»Ich verstehe. Glauben Sic, dass Konstantin Woljow dem Kreml und Putin wirklich den Rücken gekehrt hat? In den Medien wird manchmal befürchtet, das alles könnte nur gespielt sein und sein Präsident hat ihn absichtlich hergeschickt, um uns zu unterwandern«, sagte Merle und fixierte ihr Gegenüber aufmerksam.

»Sämtliche Oligarchen haben ihre Imperien auf Lügen aufgebaut. Ich glaube Männern wie Woljow generell kein bisschen«, entgegnete Tschernanskaja. »Wieso sollte er sich einfach so ändern und das ablegen, was er über Jahrzehnte perfektioniert hat?«

»Wegen des Kriegs?«, schlug Gabriel vor. »Immerhin wurden viele Vermögen eingefroren, Reisebeschränkungen auferlegt und Haftbefehle erlassen. Kein angenehmes Umfeld für Oligarchen, die es gewohnt sind, zu ihren Villen in der Toskana zu fliegen, oder zu ihren Booten in Rotterdam, Ibiza und Limassol. Das kann schon frustrieren, denken Sie nicht?«

»Frustrieren, ja. Aber wissen Sie, mit Geld ist das so eine Sache. Mehr geht immer, aber von viel nach wenig zu gehen, ist ein Abstieg und niemand mag einen Abstieg. Von einem VW Golf auf einen Porsche umzusteigen, das kann jeder. Aber von einem Porsche auf einen Golf? Das fällt schwer«, erklärte Tschernanskaja und schüttelte den Kopf. »Nein, ich glaube nicht an diese plötzlichen Glaubenskrisen und Gewissensbisse bei den Halsabschneidern.«

»Also halten Sie ihn für einen Lügner.«

»Wenn Sie das so ausdrücken wollen.«

»Wir wollen gar nichts, außer Antworten auf unsere Fragen.«

Da sie darauf nichts antwortete, übernahm Merle nach kurzer Zeit wieder: »Wo waren Sie vor knapp drei Stunden?«

»In meinem Zimmer.«

»Was haben Sie gemacht?«

»Ich bin die Bilanzen von Berger&Benelli durchgegangen. Herr Berger hat Sie mir im Vorfeld zukommen lassen.«

»Ist zu dieser ungefähren Zeit etwas Ungewöhnliches passiert?«

Tschernanskaja legte den Kopf schief und überlegte. »Es hat ein paarmal geklopft. Ich glaube, es war Woljow.«

Merle wechselte erneut einen Blick mit Gabriel.

»Warum glauben Sie, dass er es war?«

»Weil er meinen Namen gesagt hat beim Klopfen und so, wie er ihn ausspricht, tun es nur Russischsprachige. Ihr Deutschen sagt ihn mit starkem Akzent.« Die Investorin zuckte mit den Schultern. »Ich habe aber nicht geöffnet.«

»Warum nicht?«

»Ich habe nichts mit ihm zu besprechen.«

»Eine andere Frage«, sagte Merle. »Haben Sie schon in Berger&Benelli investiert?«

»Nein.«

»Auch nicht in dieses Hotel? Den Nordseetraum?«

»Nein.« Tschernanskaja schüttelte den Kopf.

»Denken Sie, dass sich das in Zukunft ändern wird?«

»Vielleicht.«

»Was haben die Bilanzen Ihnen verraten?«

»Das Unternehmen ist aktuell gut aufgestellt und schreibt schwarze Zahlen. In der Vergangenheit ist es aber recht unstet geleitet worden und das hat dazu geführt, dass es einmal beinahe die Axt gesehen hätte. Ich glaube, dass der Führungswechsel dem Unternehmen gutgetan hat. Aber ich habe noch nicht alles durchgearbeitet.«

»Insgesamt ist das Bild aber positiv. Sie sehen eine Chance für den Nordseetraum?«, fragte Merle.

»Ja. Es hat wirtschaftliches Potenzial.«

»Und Sie müssen es ja wissen, als Erbin des größten ukrainischen Hotelimperiums.«

»Worauf wollen Sie hinaus?«

»Nur darauf, dass Sie etwas von Ihrem Job verstehen und dieses Hotel und seine Zukunftsaussichten voraussichtlich korrekt einschätzen«, erwiderte Merle und gab Gabriel ein Zeichen. »Vielen Dank, Frau Tschernanskaja. Das wäre dann vorerst alles.«

Zurück auf dem Flur brummte Gabriel und steckte den Notizblock weg.

»Was?«, fragte seine Kollegin.

»Ich denke über ihr mögliches Motiv nach.«

»Einfach. Sie kann Woljow nicht leiden, für sie ist er der Feind. Ich meine, sie ist Patriotin und unterstützt ihr angegriffenes Land so gut sie kann. Das glaube ich ihr. Dann kommt dieser Oligarch daher, schwenkt die weiße Fahne und kann in Europa Geschäfte machen. Dürfte sie so richtig frustrieren.«

»Du denkst, dass sie Gensheimer getötet haben könnte, um Woljow die Investition zu vermiesen?«, fragte er mit großen Augen.

»Denk doch mal drüber nach. Woljow hat betont, dass er Frieden mit ihr schließen wollte. Das hätte er nicht gemacht, wenn er es nicht für notwendig erachtet hätte. Und das ist verständlich, schließlich hat er selbst zugegeben, dass dieses Projekt seine allerletzte Chance ist. Wenn er mit der Investition scheitert, hat er kein Geld mehr und dann ist er nur einer von vielen Asylsuchenden, die vermutlich keine Aufenthaltsgenehmigung bekommen. In Russland überlebt er dann keine paar Stunden.«

»Also müsste sie nur dafür sorgen, dass der Nordseetraum platzt und Woljow ist erledigt«, fasste Gabriel zusammen, und Merle nickte.

»Sie selbst hat nicht viel zu verlieren. Sie lebt in der

Schweiz und ist wahrscheinlich an Dutzenden Investments beteiligt, weil sie nicht von Sanktionen belegt ist.«

»Aber sie hat sein Alibi gestützt, ohne es zu wissen.«

»Ja.« Seine Kollegin lief einige Schritte vor ihm auf und ab. »Gehen wir nachsehen, ob sie wirklich in den Bilanzen gelesen hat.«

Sie gingen zur Suite von Tschernanskaja, und tatsächlich fanden sie auf dem Bett Dutzende Blätter mit komplexen Bilanzrechnungen vor.

»Sie hat bestätigt, dass Woljow zum Tatzeitpunkt geklopft hat. Er hat bestätigt, dass er geklopft hat. Aber er hat nicht gesagt, ob sie ihn reingelassen hat«, meinte Gabriel.

»Nein, aber er hat gesagt, dass er Frieden schließen *wollte,* nicht, dass er es getan hat. Also sieht es so aus, als würden sie gegenseitig ihre Alibis stützen.«

KAPITEL 14
MARKUS FEHL

»Vielleicht hätten wir mehr Fragen nach dem Maschinenraum stellen sollen«, befand Merle, als sie sich im Flur auf den teuren Teppich setzten und an die Fahrstuhltüren lehnten. Sie waren angenehm kühl im Rücken. »Schließlich muss der Täter Zugang gehabt haben.«

»Vielleicht«, stimmte Gabriel ihr zu. »Aber ich weiß nicht, wie es bei dir ist – ich jedenfalls habe noch nie so einen Befragungsmarathon geführt.«

»Das liegt daran, dass wir keine Zeit für Protokolle haben und nicht zwischen verschiedenen Orten hin und her fahren müssen.«

»Oder Termine machen.«

»Genau. Der ganze lästige Kram eben«, entgegnete sie.

»Den wünsche ich mir jetzt fast, weil ich langsam den Überblick verliere«, sagte er. »Sieben haben wir jetzt befragt. Fehlt noch der Sänger. Markus Fehl.«

»Vielleicht kann er uns ja ein Liedchen trällern, damit uns der Kopf nicht so raucht.«

»Oooder ...«

»Nein!«, fuhr sie ihm dazwischen. »Noch ein Flachwitz

und mir läuft Blut aus den Ohren. Dann wäre ich bei den Befragungen nicht mehr sonderlich hilfreich, oder?«

»Na gut. Dafür bist du dran mit dem Notieren.«

»Ich soll dankbar sein, dass du mich mit deinem offenbar endlosen Arsenal an schlechten Witzen verschonst?«, fragte sie ungläubig.

»So in etwa. Falls du doch lieber ...«

»Ich mach's.« Sie zupfte ihm den Notizblock aus der Hand, die auf seinem Schoß lag, und rappelte sich auf. Als sie stand, reichte sie ihm eine Hand und zog ihn ebenfalls auf die Beine. »Fehl wird spannend.«

»Wieso?«

»Ist das ein Scherz?« Merle musterte ihn auf der Suche nach Anzeichen von Ironie.

»Nein. Habe ich etwas verpasst?«

»Guckst du kein Fernsehen?«

»Nicht viel.«

»Liest du keine Zeitung?«

»Nicht den Teil, in dem Markus Fehl vorkommen würde.«

Merle seufzte. »Und *ich* bin die Hinterwäldlerin von Pellworm, ja?«

»*Das* hast du gesagt. Ich würde Nordfriesin sagen.« Gabriel zwinkerte ihr mit Unschuldsmiene zu.

»Ich habe nicht vergessen, dass du mich damals als Ostfriesin bezeichnet hast.«

»Ach, das ist doch beinahe das ...«

»Wag es nicht«, fuhr sie ihm dazwischen und hielt ihm einen Zeigefinger unter die Nase, woraufhin er lächeln musste.

»Fehl. Spannend«, erinnerte er sie.

»Seit über einem Jahr ist das in der Klatschpresse, Fehl wird wegen eines angeblich gestohlenen Liedtextes verklagt. Von irgendeinem drittklassigen Sänger aus Köln, der es geschafft hat, Martin Gensheimer als seinen Anwalt zu bekommen. Viele Beobachter gegen davon aus, dass er den Fall nur deshalb angenommen hat, um ins Rampenlicht zu kommen«, erklärte Merle. »Fehls Motiv kenne ich also jetzt schon: Gensheimer hat versucht, seine Karriere zu ruinieren und hätte ihn eine Menge Geld gekostet, wenn der Fall verloren gegangen wäre.«

»Sollen wir ihn dann direkt festnehmen? Würde uns zwanzig Stunden ersparen«, schlug er vor, doch sie schnaubte nur.

»Sehr witzig. Du hast wohl einen Clown gefrühstückt.«

»Ehrlich gesagt habe ich noch gar nicht gefrühstückt. Und auch kein Mittag gegessen. Hunger macht mich albern.«

»Hätte ich gar nicht gemerkt. Machen wir noch Fehl und legen dann eine Pause ein, einverstanden?«

»Ich muss nicht mehr schreiben, also kriege ich das schon hin.« Gabriel wandte sich in Richtung der Wohnbereiche.

Markus Fehls Zimmer war leicht zu finden, denn sie brauchten bloß seiner Stimme zu folgen. Er sang ganz offensichtlich nicht, sondern machte irgendwelche merkwürdigen Stimmübungen – mal gutturale Laute, dann hohe, lang gezogene Töne und dann tiefes Bassbrummen.

Als sie klopften und eintraten, hörte er auf und drehte sich zu ihnen um.

»Hallo. Da sind Sie ja.«

»Es hat etwas gedauert, entschuldigen Sie bitte«, sagte Gabriel. »Haben Sie sich auf Ihre Gesangseinlage vorbereitet? Ich fürchte, die wird eventuell nicht mehr stattfinden.«

»Ist mir schon klar. Aber mir war langweilig, und ich habe versucht, nicht daran zu denken, dass irgendwo unter mir jemand ermordet wurde«, erwiderte Markus Fehl. »Kein guter Gedanke, vor allem nicht auf einer verfluchten Bohrinsel, von der ich nicht entkommen kann, weil ich keinen Empfang habe.«

»Die Techniker arbeiten bereits daran. Dürfen wir uns setzen?« Gabriel deutete auf das rechte Bett und setzte sich mit Merle, als der Sänger abwesend nickte. »Wollen Sie nicht auch Platz nehmen?«

»Äh, klar.« Fehl folgte seiner Aufforderung und tippte unablässig mit den Fingerspitzen aneinander.

»Sind Sie nervös?«

Fehls Finger stoppten mitten in ihren Bewegungen. »Natürlich. Hier wurde jemand ermordet!«

»Das ist schon das zweite Mal, dass Sie *jemand* sagen. Aber Martin Gensheimer war nicht bloß irgendein *Jemand* für Sie, habe ich recht?«

Der Prominente machte ein unglückliches Gesicht und schüttelte den Kopf. »Nein. Für niemanden, der ab und zu mal den Fernseher einschaltet.«

Gabriel ignorierte Merles Seitenblick geflissentlich. »Er war eine Bedrohung für Ihre Karriere.«

»Diese verdammte Klage war eine Bedrohung für meine Karriere. Dieser Emporkömmling aus Köln, der uns weismachen will, ich hätte seinen Songtext geklaut.«

»Haben Sie das denn getan?«

»Nein!«, brauste Fehl auf. »Ich kannte den Idioten nicht mal. Niemand kennt ihn, außer vielleicht ein paar Kneipengänger in Köln. Diese ganze Sache ist Rufmord, aber das ist ihm scheinbar egal, solange er dadurch Aufmerksamkeit bekommt.«

»Wollen Sie damit sagen, dass Sie nicht auf Gensheimer wütend sind, sondern auf …« Gabriel sah zu Merle.

»R3U.«

»R3U«, wiederholte er. »Klingt wie ein Rapper.«

»Klar, ich bin auch auf den Drecksanwalt wütend, aber er war ja nur die Waffe in der Hand von R3U. Wenn jemand Amok läuft, verurteilen Sie ja auch nicht die Tatwaffe, sondern den Täter«, sagte Markus Fehl.

»Ich verstehe. Wo waren Sie vor etwa drei Stunden?«, fragte Gabriel.

»In meinem Zimmer.« Die Antwort kam ohne jedes Zögern. »Waren Sie allein?«

»Äh, ja.« Fehl nickte.

»*Äh*?«, wiederholte Merle und sah von ihrem Notizblock auf.

»Ja, ich war auf meinem Zimmer.«

»Waren Sie allein?«

Diesmal zögerte der Sänger und fühlte sich sichtlich unwohl. Mehr noch, als zuvor.

»Sie sagen uns am besten die Wahrheit«, schlug Gabriel vor.

»Ich war nicht allein, nein.«

»Wer war bei Ihnen?« Als er sah, wie Markus Fehl mit sich kämpfte, beugte er sich etwas vor und senkte seine Stimme, um sie etwas sanfter klingen zu lassen. »Nichts, von dem, was Sie uns hier sagen, kann Sie oder jemand anderen vor Gericht direkt belasten. Das hier ist nur eine Befragung. Vernehmungen müssen von einem Staatsanwalt angeordnet werden. Ich bin ehrlich zu Ihnen: Solange Sie niemanden fälschlicherweise damit belasten, wäre es sogar gesetzlich erlaubt, uns anzulügen. Aber es wird uns nicht davon abhalten, weiter nach der Wahrheit zu suchen, und alles was wir hören, fällt in unsere Ermittlungen mit hinein. Das sollten Sie wissen.«

»Ist dieses Gespräch hier vertraulich?«, fragte Fehl nach einer kurzen Pause zögernd.

»Ja. Das ist es.«

»Ich war mit Pheline Berger auf meinem Zimmer.« Gabriel blinzelte überrascht, nickte jedoch, als sei diese Information nichts Besonderes.

»Berger? Ist sie …?«

»Die Tochter von Thomas und Katrin Berger, ja.«

»Und sie ist ebenfalls hier zu Gast?«

»Nein, sie arbeitet hier. Sie war für diesen Abend als Oberkellnerin gedacht, aber das hat sich ja erledigt«, murmelte Fehl.

Gabriel erinnerte sich an die gut aussehende junge Frau, die sich um die beiden Stühle für ihn und Merle gekümmert hatte. Jetzt, wo er die Information hatte, sah sie den beiden Bergers tatsächlich ähnlich.

»Sie sagten für diesen Abend? Was tut sie sonst im Unternehmen?«

»Sie hat die Stelle als Gastronomieleitung für den Nordseetraum bekommen«, erklärte der Sänger und schüttelte den Kopf.

»Das scheint Sie nicht glücklich zu machen. Warum?«

»Sie macht einen wirklich guten Job, denke ich, aber sie liebt ihn nicht gerade. Viel Arbeit und wenig Herzblut. Ich weiß nicht, ob sie es selbst überhaupt realisiert, aber sie erinnert mich an mich selbst, bevor ich mich ganz der Musik verschrieben habe. Beruf kommt von Berufung, aber ein Job ist nur ein Job.«

»Und die Hotelarbeit ist Ihrer Meinung nach nur ein Job für sie?«, fragte Gabriel.

»Ja.« Fehl winkte ab. »Aber ist ja auch egal. Sie sind sicher nicht hier, um mit mir über Phelines Lebensplanung zu philosophieren.«

»Nein. Sie beide führen also eine intime Beziehung, nehme ich an?«

»Ja.«

»Seit wann?«

»Seit etwa drei Monaten. Aber ihre Familie weiß nichts davon – und meine Fans auch nicht. Sie können sich nicht vorstellen, was für ein Druck das ist von der Presse und Social Media. Sobald es bekannt wird, stürzen sie sich alle auf mich und Pheline. Ich bin daran gewöhnt, auch wenn ich es hasse, aber sie würde es kaputtmachen.«

»Und ihre Beziehung auch, nehme ich an?«, fragte Merle.

Fehl nickte mit düsterer Miene. »Das will ich ihr nicht antun. Ich lebe lieber mit einem Geheimnis, als mit diesen Bluthunden von der Klatschpresse im Nacken, die uns langsam zerstören.«

»Ich kann mir nur vorstellen, wie sich das anfühlen muss. Halten Sie die Beziehung auch vor Pheline Bergers Eltern geheim? Darum haben Sie uns doch gefragt, ob das Gespräch vertraulich bleibt, oder? Nicht nur wegen der Klatschpresse, die von uns ohnehin keine Informationen erhält.«

»Ja, das tun wir. Vor jedem. Meiner Erfahrung nach darf es wirklich niemand wissen. Ein kurzer Streit mit jemandem, und sie wollen es dir heimzahlen. Den nächsten Tag stehst du in der Presse.« Markus Fehl seufzte traurig.

»Danke. Das wäre vorerst alles von unserer Seite. Bitte bleiben Sie noch in diesem Zimmer, falls wir noch weitere Fragen an Sie haben.«

KAPITEL 15
PHELINE BERGER

»Was denkst du?«, fragte Merle.

»Er tut mir irgendwie leid«, antwortete Gabriel. »Ich habe noch nie wirklich darüber nachgedacht, aber es klingt, als wäre das Leben eines Promis wie Markus Fehl tatsächlich so was wie ein Freiluftgefängnis.«

»Das habe ich auch gedacht. Kein Geld der Welt kann das wert sein.«

»Nein. Was machst du aus Pheline Berger?«

»Klingt nach einer tragischen Geschichte«, sagte Merle. »Sie wollte unbedingt Rechtsanwältin werden und schuftet sich jetzt im neuesten Hotel ihres Vaters krumm.«

»Nun, zumindest wird sie das bald tun.«

»Der Weg hierher war ganz sicher auch kein Zuckerschlecken. Ich habe eine Freundin im Hotelgewerbe, sie leitet ein Ramada-Hotel in Braunschweig. Glaub mir, sie tut nichts anderes als arbeiten. Sie hat mir mal gesagt, dass du es entweder liebst, oder daran kaputtgehst.«

Gabriel dachte über ihre Worte und die von Markus Fehl nach.

»Was?«, fragte Merle.

»Von dem, was uns der Sänger gerade erzählt hat, klang es eher so, als sei bei Pheline Berger Letzteres der Fall. Ist das nicht merkwürdig?«

»Wieso?«

»Weil Thomas Berger uns am Anfang erzählt hat, wie sehr seine Tochter nach dem Abi Jura studieren wollte, weil sie einen Traum hatte: Rechtsanwältin werden. Dann musste sie auf ihren Studienplatz warten und hat die Zeit damit überbrückt, eine Ausbildung zur Rechtsanwaltsgehilfin zu machen. Ich habe zwei Freunde, die Ärzte geworden sind und keinen guten NC hatten. Die sind Rettungssanitäter geworden in der Wartezeit. Das tun nur Leute, die wirklich wissen, wo sie hinwollen. Andere entscheiden sich für ein alternatives Studium«, erklärte Gabriel. »Denk mal darüber nach: Andere studieren in fünf Jahren, du machst zwei oder drei Jahre eine Ausbildung und studierst dann noch fünf Jahre. Du bist also deutlich älter als der Rest, wenn du deinen Beruf antrittst.«

»Aber wenn du etwas wirklich willst, dann ist dir das egal«, meinte Merle und nickte verstehend. »Wenn das auch auf die Tochter der Bergers zutrifft, stellt sich die Frage, weshalb sie freiwillig ihren Traum an den Nagel gehängt hat, nur um dann ins Hotelgewerbe zu wechseln. Sie ist damit aufgewachsen, dass ihre Eltern Hotels führen. Der Druck, ihnen zu folgen, wird auch nicht gerade gering gewesen sein. Warum sollte sie plötzlich alles überdenken und aufgeben, um dann doch Weg des geringsten Widerstands zu gehen?«

»Ich weiß es nicht, aber das klingt nicht gerade so, als wäre sie einfach unzufrieden mit ihrer Arbeit in Gensheimers Kanzlei gewesen. Sie hätte ja den Ausbildungsplatz wechseln können, das ist zwar nicht die Regel, aber sicher nicht unüblich.«

»Also reden wir mit ihr?«, fragte Merle.

»Ja. Reden wir mit ihr.«

. . .

Nachdem sie Penny hergeholt hatten, damit sie den Flur mit den Mitarbeiterunterkünften bewachte, um zu wissen, wann einer der Gäste oder Gastgeber sich hinausstahl, ging Gabriel mit Merle nach oben auf Deck 3.

Die Küche befand sich zwischen der kleinen Mitarbeiterkantine und einer Speisekammer und schloss direkt an den großen Speisesaal für die Gäste an. Dort fanden Sie den Koch und Pheline Berger, die auf zwei Stühlen an einer Kochinsel saßen und auf kalt werdendes Essen in Töpfen und Pfannen starrten.

Als Gabriel und Merle eintraten, sahen sie auf. Sie wirkten müde und zutiefst erschöpft, vielleicht von dem Stress, der auf einmal abgefallen war, nur um von Sorgen und der niederziehenden Schwere der Unsicherheit ersetzt zu werden. Hätte er es nicht besser gewusst, hätte er sie auch für zwei verkaterte Partygäste halten können, die als Letzte noch wach waren.

Beide spannten sich sichtlich an, als sie ihn und seine Kollegin hereinkommen sahen.

»Hallo«, sagte er freundlich und reichte der jungen Frau die Hand. »Pheline Berger, nehme ich an?«

»Ja.« Sie nickte unsicher.

Gabriel schüttelte auch die Hand des Kochs. »Und Sie sind ... Remy Haby.«

»Sie haben von mir gehört«, sagte der Mann mit dem graumelierten Haar und der teuer aussehenden weißen Jacke mit den gesteppten Knopflöchern. Sein Akzent klang französisch.

»Steht auf Ihrer Brust«, entgegnete Gabriel und deutete auf den aufgestickten Namenszug mit den drei Sternen darunter. »Sind das Michelinsterne?«

»*Oui.*« Haby nickte. »Ich schätze, das Dîner ist abgesagt, eh?«

»Ich fürchte, ja. Tut mir leid.«

Der Franzose schnaubte verächtlich und gab einer der Pfannen einen Stoß, die daraufhin gegen einen der Töpfe knallte und ein metallisches Klirren von sich gab, als wollte sie sich über ihre unsanfte Behandlung beschweren. »*Putain de merde!*« Haby wandte sich an ihn und Winter. »Essen Sie ruhig. Sie sehen hungrig aus.«

Haby zog sich die Schürze von der Hüfte, zerknüllte sie und warf sie achtlos in die Ecke. Während er hinausging, murmelte er noch etwas von »Perlen vor die Säue« und war dann verschwunden. Merle sah ihm hinterher und schien drauf und dran, ihn zurückzubeordern, doch Gabriel schüttelte den Kopf, als sie ihn fragend ansah.

»Gar keine schlechte Idee«, sagte er mit Blick auf das Essen, und als wollte er ihm zustimmen, knurrte sein Magen laut. Merle zögerte erst, nickte dann jedoch und begann nach Besteck zu suchen. Gabriel wandte sich derweil an Pheline Berger, nachdem er sich auf Habys freigewordenen Platz gesetzt hatte. »Haben Sie auch Hunger?«

»Nein.« Sie sah zum Essen hinüber, als widere es sie an. Dann musterte sie ihn aus den Augenwinkeln, ohne ihn direkt anzusehen. Ein wenig erinnerte sie ihn an einen scheuen Hund, der sich vor einem bevorstehenden Schlag von seinem Herrchen fürchtete.

»Ist bei Ihnen alles in Ordnung?«

»Ich fühle mich nicht besonders gut.«

»Das kann ich verstehen.« Gabriel nahm eine Gabel von Merle entgegen, die sich auf die andere Seite der Arbeitsplatte setzte und nacheinander Töpfe und Pfannen zu ihnen herüberzog. Sie begannen, mit dem Coq au Vin und einer Cassoulet, die optisch nicht besonders viel hermachte, aber herrlich herzhaft und perfekt abgeschmeckt war.

»Was waren Ihre Aufgaben heute Abend?«, fragte Merle zwischen zwei Bissen.

»Ich habe das Essen vorbereitet. Also den Tisch, den Ablauf, die Sitzordnung. Ich habe das Menü im Vorfeld zusammengestellt und die Zeitpunkte für das Servieren der jeweiligen Gerichte«, zählte Pheline Berger schleppend auf. »Und natürlich der letzte Check des Essens.«

»Die Vorkosterin, quasi. Kein schlechter Job.«

»Ich habe das Menü ausgewählt, ich musste sichergehen, dass es auch so gut ist, wie ich es in Erinnerung habe.«

»Sie haben es ausgewählt? Nicht ihr Vater?«

»Mein Vater?«, fragte die junge Frau ungläubig und winkte ab. »Der nähert sich einer Küche nicht mal auf fünf Meter. Er hat als junger Mann mal eine Ausbildung zum Koch angefangen, das hat ihn irgendwie traumatisiert.«

»Hat das Spaß gemacht? Die ganzen Vorbereitungen, meine ich?«, fragte Gabriel.

»Wie bitte?« Die junge Frau blinzelte verdutzt.

»Was ich eigentlich fragen möchte, ist: Macht Ihnen Ihre Arbeit Spaß?«

»Ich wüsste nicht, warum diese Frage relevant ist.«

»Gesprochen wie eine Rechtsanwältin«, bemerkte Gabriel lächelnd, um seinen Worten die Schärfe zu nehmen.

»Wie bitte?«

»Das wollten Sie doch eigentlich werden, Rechtsanwältin, richtig?« Er stocherte mit der Gabel im Essen, nahm einen Happen und nuschelte: »Das hier ist kein Verhör, keine Sorge, wir plaudern nur ein wenig beim Essen.«

Pheline Bergers Miene wurde verschlossen. Sie sah jetzt noch müder aus. »Ich bin zufrieden, wo ich jetzt bin.«

»Sind Sie glücklich?«

»Was spielt das für eine Rolle?«

»Nur aus Interesse.« Gabriel zuckte mit den Achseln. »Warum haben Sie damals die Ausbildung zur Rechtsanwaltsgehilfin abgebrochen?«

Die Tochter der Hotelbesitzer erstarrte für den Bruchteil

einer Sekunde, aber es entging ihm nicht, weil er zwar tat, als würde er sich nur für das unverschämt schmackhafte Essen interessieren, während seine ganze Aufmerksamkeit in Wahrheit ihr und ihrer Miene galt. Auch ihre Körpersprache verriet, dass sie sich unwohl fühlte. Eine Hand hielt den Ellenbogen ihres anderen Arms, als wollte sie sich schützen, ohne die Arme zu verschränken. Der Kopf leicht gesenkt, genau wie der Blick, der Rücken zu gerade, um entspannt zu sein.

»Vor vier Jahren waren Sie doch noch bei Herrn Gensheimer als Auszubildende angestellt, oder?«

»Ja.«

»Und damals haben Sie den Kontakt zwischen ihm und Ihrem Vater hergestellt, als der Sie darum gebeten hat«, fuhr Gabriel fort. »Ich frage mich, wieso Sie dann kurz darauf Ihre Träume an den Nagel gehängt haben.«

»Ich habe eben gemerkt, dass Jura doch nicht das Richtige für mich ist. Und meine Eltern wollten ohnehin, dass ich in ihre Fußstapfen trete«, erklärte Pheline Berger. »Als sie mir dann vom Nordseetraum erzählten«, sie machte eine kleine Geste, die womöglich die ganze Plattform umfassen sollte, »hatten sie mich überzeugt.«

»Aber das haben Ihre Eltern doch mit Sicherheit schon versucht, seit Sie noch in der Schule waren«, wandte Merle ein und nahm ein Stück Schweinefleisch aus der Cassoulet, um es sich in den Mund zu stecken. Nuschelnd fuhr sie fort: »Trotzdem haben Sie sich dagegen entschieden und den Weg zur Rechtsanwältin eingeschlagen. Das war bestimmt nicht einfach.«

Gabriel musste anerkennend feststellen, dass seine Kollegin es schaffte, äußerst plauderhaft und beiläufig zu klingen, als wäre das hier gar keine Befragung, sondern bloß ein nichtssagender Plausch nach einer langen Nacht.

»Natürlich nicht«, sagte Berger. »Aber ich hatte mich so entschieden, und Mama und Papa sind zwar stolz auf ihre

Firma und alles, aber sie haben mich nie zu etwas gedrängt. Der Druck war vielleicht da, aber nicht besonders stark.«

»Das spricht sehr für Ihre Eltern«, befand Gabriel. Er entschied sich für einen anderen Weg: »Wie war Herr Gensheimer so als Chef?«

»Fordernd, arrogant, cholerisch«, kam postwendend die Antwort, und das Gesicht der jungen Frau troff nur so vor plötzlicher Verachtung. »Er war ein furchtbarer Vorgesetzter. Alle Azubis haben ihn gehasst.«

»Hatten sie auch Angst vor ihm?«, fragte Merle. »Ich meine, ein cholerischer Chef ist ziemlich einschüchternd. Kann ich aus eigener Erfahrung sagen.«

»Ja, wahrscheinlich schon. Als Azubi hat man ja ohnehin nichts zu sagen und ist das schwächste Glied in der Kette.«

»Haben Sie deshalb gekündigt?« Gabriel ärgerte sich über seine eigene Frage, war sie doch geschlossen und legte der Befragten ihre eigene Antwort auf die Zunge. Er sollte sich besser konzentrieren, auch wenn sein Kopf sich nur mit dem Essen beschäftigen wollte.

»Ja.«

»Aber warum«, er schluckte etwas Coq au Vin herunter, »haben Sie es dann nicht bei einer anderen Kanzlei versucht? Es fehlt doch an allen Ecken und Enden an Auszubildenden.«

»Mein Vater hat mich öfter davor gewarnt, dass ich zu viel Zeit verschwende, die mir später auf dem Arbeitsmarkt fehlen würde. Da ich noch im ersten Lehrjahr war, hätte ich wieder bei null anfangen müssen und ein ganzes weiteres Jahr verloren«, erklärte Pheline Berger. »Ich habe mich dann entschieden, es mir nicht mehr so schwer zu machen.«

»Verstehe. Wie ist die Kündigung abgelaufen? Haben Sie Gensheimer persönlich Ihre Entscheidung mitgeteilt?«

»Ja.« Sie schluckte, als hätte sie einen hartnäckigen Kloß im Hals.

»Kein gutes Gespräch, nehme ich an?«, fragte Gabriel.

»Nein. Er hat mir gedroht, dass niemand bei ihm abbrechen würde und ich nicht die Erste sein würde«, erwiderte sie schleppend.

»Und dann hat er Ihnen gedroht?« Ihr Blick fuhr zu ihm herum, und er spreizte die Hände. »So läuft es doch immer ab, habe ich recht?«

»Ja, er hat mir gedroht, dass er dafür sorgen würde, dass ich nirgendwo anders einen Platz bekomme, wenn ich durch die Tür gehe.«

»Was für ein Arschloch«, befand Merle, und Pheline Berger blinzelte überrascht, ehe sie nickte. »Haben Sie seine Frau auch kennengelernt? Sie war damals doch Chefanwaltsgehilfin in der Kanzlei, richtig?«

»Ja. Sie war immer professionell, wenn auch nicht besonders warmherzig.«

»Aber sie war nicht bei dem Kündigungsgespräch dabei?«

»Nein.« Die junge Frau klang jetzt wütend. »Normalerweise war sie immer in seinem Büro, weil ihr Schreibtisch sich dort befindet. Aber er hat sie rausgeschickt, und sie ist nicht geblieben.«

»Verstehe. Wie haben Sie sich gefühlt, als Sie gehört haben, dass er als Gast hierherkommt?«

»Ich habe mich natürlich erst erschreckt. Aber dann habe ich mir in Erinnerung gerufen, dass ich heute älter und reifer bin und mich davon nicht aus dem Konzept bringen lasse. Er ist – war – nur ein Gast von mehreren.«

»Wo waren Sie vor etwa drei Stunden?«

Die Hotelfachfrau runzelte die Stirn. »Wieso fragen Sie mich das?«

»Das fragen wir jeden Gast und jeden Mitarbeiter«, erklärte Merle achselzuckend und füllte sich eine weitere Gabel. »Reine Routine.«

»In meinem Zimmer. Ich habe mich auf das Abendessen

vorbereitet und musste bald darauf hierherkommen, um die Vorbereitungen zu begleiten.«

Merle wechselte einen Blick mit Gabriel, doch er schüttelte kaum merklich den Kopf.

»Also gut«, sagte sie und legte die Gabel ab. »Vielen Dank, Frau Berger. Das wäre dann vorerst alles.«

KAPITEL SECHZEHN

»Sie hat gelogen«, stellte Merle fest, als sie im Treppenhaus zurück zu Deck 2 gingen.

»Offensichtlich. Oder Markus Fehl hat darüber gelogen, dass sie in seinem Zimmer war«, erwiderte er.

»Das glaube ich nicht.«

»Ich auch nicht. Er war unruhig, aber ich denke, er hat uns die Wahrheit gesagt, obwohl es ihm sichtlich schwergefallen ist. Dass sie gelogen hat, überrascht mich aber nicht.«

»Natürlich nicht. Sie und Fehl haben vereinbart, Stillschweigen über ihre Beziehung zu wahren. Das nimmt sie offenbar ernst.«

»Ich würde gerne noch einmal mit Sarah Gensheimer sprechen«, sagte er. »Mich interessiert, warum sie bei dem Kündigungsgespräch nicht mit dabei war. Die werden doch meistens mit zwei Personen aus der Kanzlei geführt, oder? Gerade in einer Ausbildung hat eine Kündigung schließlich Konsequenzen, gerade in Bezug auf BAföG und so was.«

»Gute Idee.«

Unten im Korridor wartete Penny bereits auf sie. Auf ihren Schultern lag Blablaquatschi ausgebreitet wie ein Schal und reckte das kleine Köpfchen, als er Gabriel sah. Es dauerte keine drei Atemzüge, da war er zu ihm gelaufen und auf seine Schultern geklettert.

»Na, kleiner Mann?«, begrüßte er sein Haustier und kraulte ihm das pelzige Kinn.

»Blablablabla«, gurrte das Frettchen auf seine unverkennbare Art. Vermutlich war es in seinem letzten Leben eine Katze gewesen.

»Hat sich irgendwas getan?«, fragte Gabriel in Richtung seiner Assistentin.

»Nein, friedlich wie eine Jugendherberge bei Nacht«, antwortete sie. »So sehr, dass ich in jedem anderen Hotel befürchtet hätte, sie wären alle durch die Fenster getürmt. Wie sieht es bei euch aus?«

»Kompliziert. Jeder der hier Anwesenden scheint ein Motiv zu haben – dazu noch ein jeweils recht starkes«, gab Merle an seiner statt zurück. »Es ist verrückt.«

»Scheint kein besonders beliebter Kerl gewesen zu sein, unser *Recht des Gesetzes*-Star.«

»So viel können wir mit Sicherheit festhalten.«

»Ist Claude noch bei der Leiche und Schoki im Wartungsbüro?«, fragte Gabriel.

»Ja.«

»Wir müssen uns auf Deck 1 konzentrieren.« Er nahm den Lageplan zur Hand. »Da gibt es den Maschinenraum, einen kleinen Pumpenraum, das Wartungsbüro und einen winzigen Schlafraum für die technische Bereitschaft.« Seine Finger fuhren über die jeweiligen eingezeichneten Räume. »Der Zugang zum Deck 1 ist nicht versperrt, richtig?«

»Nein, nur für den Maschinenraum selbst braucht es eine Schlüsselkarte«, bestätigte Penny.

»Okay, aber an der Tür zum Deck steht groß: *Zutritt nur für Personal.*«

»Ja.«

»Videokameras?«, fragte er hoffnungsvoll, wusste aber noch vor ihrem Kopfschütteln, dass die Frage keinen Sinn hatte, sonst hätte er gleich am Anfang davon erfahren, und der Fall wäre schon so gut wie gelöst.

»Die sind schon installiert, aber noch nicht aktiv, weil die entsprechende Software noch nicht eingerichtet ist.«

»Die Türschlösser sind alle elektronisch, richtig?«

Penny nickte.

»Vielleicht kannst du bei Schoki herausfinden, ob das System aufzeichnet, wie oft Türen geöffnet und geschlossen wurden. Jedes elektronische Türschloss besitzt eine Softwarekomponente, so klein sie auch sein mag. Wenn ausgelesen werden kann, wie oft sie aktiviert wurden – was vermutlich für die Wartungszyklen relevant ist – könnten wir wenigstens erfahren, wie oft und zu welcher Uhrzeit jemand rein oder raus gegangen ist«, sagte er.

»Und das gleichen wir dann mit den Zeiten ab, in denen Herbert Lühn und Fram Andersen ein und aus gegangen sind«, führte Penny seinen Gedanken fort und nickte erneut. »Gute Idee. Falls das klappt.«

»Schauen wir mal. Wir machen schon mal hier oben weiter.« Gemeinsam mit Merle ging er zur Tür von Sarah Gensheimer. Es fühlte sich wie ein Déjà-vu an.

Die Witwe saß mit geröteten Augen und feuchten Wangen auf ihrem Bett und hatte die Beine fest an ihren Körper gezogen und mit den Armen umschlungen. Sie hob nur kurz den Blick, als sie hereinkamen.

»Tut uns leid, dass wir Sie wieder stören müssen, Frau Gensheimer«, sagte Gabriel sanft. »Ich weiß, dass Ihnen das jetzt sehr schwerfallen muss, aber wenn Sie nichts dagegen hätten, würden wir Ihnen gerne noch ein paar Fragen stellen.«

»Hilft es dabei, den Mörder meines Mannes zu finden?«, fragte sie mit bebender Stimme.

»Das ist unser Ziel, so viel kann ich Ihnen versprechen.«

Sie nickte schwach, und er nahm mit Merle ihr gegenüber Platz.

»Wir haben ein paar Fragen zu Pheline Berger.«

Die Augen von Sarah Gensheimer ruckten zu ihm hoch. Hatte er da einen Nerv getroffen?

»Sie hat die Kanzlei Ihres Mannes vor etwa vier Jahren verlassen, ist das richtig?«, fragte er.

»Ja, das müsste in etwa hinkommen, wieso?«

»Wir würden gerne etwas mehr über ihr Ausscheiden aus der Kanzlei erfahren.«

»Was hat das denn mit dem Mord an meinem Mann zu tun?«, wollte die Witwe wissen und ihre Augenbrauen zogen sich zusammen, wie zwei düstere Gewitterwolken. Wie um ihre Missbilligung zu unterstreichen, blitzte es draußen vor dem Bullauge, gegen das bereits erste Regentropfen prasselten. Die dicken Tropfen klangen wie Hagel auf Blech.

»Waren Sie bei dem Gespräch dabei, als Pheline Berger gekündigt hat?« Er ignorierte ihre Gegenfrage bewusst und musterte sie gelassen.

»Nein. Mein Mann hat mich damals gebeten, die Dokumente eines bestimmten Falls ins Sekretariat zu bringen, weil wir Kopien brauchten.«

»Um was für einen Fall handelte es sich denn?«

»Zivilrecht. Der Klient kam aus der Kinderbekleidungsbranche«, antwortete Sarah Gensheimer ohne zu zögern.

»Gutes Gedächtnis«, befand Merle.

»Wie bitte?«

»Das ist vier Jahre her und Sie wissen noch genau, um was für einen Fall es ging? Wegen des Anfertigens von Kopien?« Die Oberkommissarin machte keinen Hehl aus ihrem Unglauben. »Schwer zu glauben.«

»Ich habe eben ein gutes Gedächtnis.«

»Welchen Fall haben Sie am Tag von Pheline Bergers Vorstellungsgespräch bearbeitet?«

Gensheimer blinzelte überrascht und geriet kurz ins Stocken. »Das müsste ... etwas aus dem Baurecht gewesen sein, ja.«

»Wenn wir Sie jetzt an einen Lügendetektor anschließen würden, dann würde die Nadel vermutlich über das Papier hinausschießen«, entgegnete Merle ungewöhnlich scharf.

»Wollen Sie mir etwa vorwerfen, zu lügen?«

»Ja.«

»Das ist ...«, drohte die Witwe aufzubrausen, doch Gabriel entschied sich, sie vorher abzufangen.

»Alles gut, wir sind hier Ihre Verbündeten«, sagte er ruhig. »Wir wollen die Person finden und verhaften, die für den Tod Ihres Mannes verantwortlich ist, und wir glauben, dass Sie uns dabei helfen können.«

»Und was hat dieses kleine Miststück damit zu tun?«, fauchte Gensheimer.

»Das ist uns noch nicht ganz klar, aber sie war es, die den Kontakt zwischen Ihrem Ehemann und ihrem Vater hergestellt hat. Sie ist also zumindest der Startpunkt Ihres gemeinsamen Weges, so holprig der auch gewesen sein mochte.«

»Sie haben uns übrigens schon einmal angelogen«, schaltete sich Merle wieder ein. Ihre Miene war so hart wie ihre Stimme. »Sie waren nämlich in der Zeit vor dem Tod Ihres Mannes nicht in Ihrem Zimmer, Sie haben ihn belauscht, als er sich mit Angela Friedrichsen getroffen hat.«

»Was?«

»Sie waren angeblich in Ihrem Zimmer und haben eine Talkshow angesehen, aber Privatkanäle kann der Fernseher noch gar nicht empfangen. Das war Lüge Nummer eins. Und Sie haben Ihrem Mann hinterherspioniert, darum wussten Sie auch genau, wo er hingeht und dass er etwa fünfzehn Minuten bei Angela Friedrichsen im Büro war.«

»Was fällt Ihnen ...«

»Wir wissen von der Affäre Ihres Mannes mit Frau Friedrichsen«, schnitt Merle ihr das Wort ab. »Also sparen Sie sich die Ausflüchte.«

Gabriel sah zu seiner Kollegin und schüttelte den Kopf. »Sachte, sie hat gerade Ihren Mann verloren«, erinnerte er sie.

»Trotzdem lügt sie wie gedruckt. Vielleicht will Sie gar nicht, dass wir den Täter finden, weil …«

»Das ist genug«, fuhr er sie an und deutete zur Tür. »Warte bitte draußen auf mich, bis ich hier fertig bin.«

»Wie bitte?«

»Ich meine es ernst. Ich spreche von hier an alleine mit ihr.«

Merle funkelte ihn an, erhob sich schließlich steif und verließ das kleine Zimmer.

»Es tut mir sehr leid, Frau Gensheimer.« Die Witwe hatte wieder zu weinen begonnen. »Meine Kollegin ist sehr motiviert, sagen wir es so.«

»Ich war so wütend auf ihn, wissen Sie?« Gensheimer schluchzte lang gezogen, als bekäme sie zu wenig Luft.

»Wegen der Affäre?«, fragte er sanft.

»Ja. Ich konnte, nein, ich *wollte* es nicht wahrhaben. Ich dachte, dass er erkennt, was er an mir hat, wenn ich öfter bei ihm bin und wir uns nicht nur bei der Arbeit sehen.«

»Sie wollten ihn überwachen, oder? Das kann ich gut verstehen.«

Sie nickte schwach und schniefte in ein Taschentuch. »Ich hatte Angela Friedrichsen bereits in Verdacht, weil ich einmal eine SMS auf seinem Handy gesehen hab, mit dem Absender *AF.* Ich bin ihm deshalb aus dem Zimmer gefolgt und habe dann das Gespräch mitgehört.«

»Den Streit?«

»Sie wissen davon?«, fragte Gensheimer überrascht, schüttelte aber den Kopf, als er antworten wollte, und sprach selbst weiter: »Sie wollte, dass er sich von mir trennt, und er hat sie nicht einmal zurückgewiesen. Wie konnte er mir das nur antun? Die Frau, mit der er mich betrogen hat, war die ganze Zeit in der Nähe, und ich musste oben noch mit ihr an einem Tisch sitzen.«

»Ich kann mir nur vorstellen, wie schmerzhaft das gewesen sein muss«, erwiderte Gabriel mit ehrlichem Mitgefühl.

»Ich habe ja lange Übung gehabt, schätze ich.«

»Damals, als Pheline Berger gekündigt hat, haben Sie es komisch gefunden, dass Ihr Mann Sie rausgeschickt hat? Sie hätten die Kopien sicher auch nach dem Gespräch anordnen können. Immerhin sind Kündigungen etwas, das in Kanzleien am liebsten mit einem zweiten paar Augen und Ohren durchgeführt werden, habe ich recht?«

»Ja. Das war komisch.«

»Ich möchte Sie etwas fragen, Frau Gensheimer, und bitte seien Sie ehrlich. Ich meine es nur gut. Wenn wir ehrlich zueinander sind, können wir vielleicht den Täter schnappen, bevor wir von hier wegfliegen. Was sagen Sie?« Er sah ihr direkt in die Augen und wartete geduldig ab. Schließlich nickte sie schwach.

»Okay.«

»Haben Sie auch das Gespräch damals belauscht? Können Sie sich deshalb noch so gut an den Tag erinnern, weil es Ihnen im Gedächtnis geblieben ist?«, fragte er ruhig.

Sie ließ sich Zeit mit der Antwort und rang ganz offensichtlich mit sich.

»Ja, das habe ich getan«, wisperte sie. »Meine Aufgabe war es schon immer in der Kanzlei zu wissen, was vor sich geht. Dafür hat mein Mann mich schließlich immer gelobt.«

»Und worum ging es in dem Gespräch? Was war so besonders? Hat es etwas damit zu tun, dass Sie Pheline Berger eben als *Miststück* bezeichnet haben?«

»Sie hat meinem Mann vorgeworfen, Sie sexuell belästigt zu haben.« Gensheimers Stimme klang mit einem Mal wie ein Knurren, und Wut vertrieb den Schmerz aus ihren Augen.

»Sexuelle Belästigung?«, fragte Gabriel überrascht.

»Ja. Sie wollte ihn erpressen, damit er ihr ein Empfehlungsschreiben ausstellt. So gewieft!«

»Aber er hat abgelehnt? Natürlich. So etwas hätte er nie getan, und erpressen lassen würde er sich auch nicht.«

»Also hat er ihr angedroht, dafür zu sorgen, dass keine andere Kanzlei mit Rang und Namen sie als Auszubildende annehmen wird«, sagte er.

»Ja. Er hat sie in ihre Schranken verwiesen, wie es sich gehört.«

»Warum sind Sie so sicher, dass er es nicht getan hat? Sie sexuell belästigt zu haben, meine ich?«

»Weil ...« Sarah Gensheimer schüttelte den Kopf. »So einer ist er nicht gewesen. Warum sollte er das tun?«

»Pheline Berger ist eine äußerst attraktive junge Frau.«

»Na und? Das macht Sie doch auch nicht zu jemandem, der sie sexuell belästigt«, schoss die Witwe zurück.

»Nein, das tut es nicht.« Vor seiner nächsten Frage machte er eine kleine Pause. »Waren Sie auch überzeugt, dass Ihr Mann nicht fremdgehen würde, bis Sie davon erfahren haben?«

Sie schien zu bemerken, in welche Ecke er sie geführt hatte und biss sich auf die Unterlippe.

»Ist schon in Ordnung, Frau Gensheimer«, sagte er sanft und stand auf. »Ich lasse Sie jetzt allein. Eine Kollegin wird bald zu Ihnen kommen und mit Ihnen sprechen – nicht über den Fall. Sie ist ausgebildete Notfallseelsorgerin und Ärztin.«

»Danke.«

Als er zurück auf dem Flur war, wartete Merle dort auf ihn. Er sagte jedoch nichts, bis sie im Korridor waren.

»Gute Arbeit.«

»Danke. Ich wusste kurz nicht, ob du meinen Zug

verstanden hast oder nicht, aber offenbar sind wir immer noch ein gutes Team«, erwiderte sie, doch ihre schwere Miene schien nicht zu ihren Worten zu passen.

»Das war nicht leicht, oder?«

»Nein. Die arme Frau. Aber bei dem Zeitdruck müssen wir Ergebnisse haben.«

»Ja. Danke.«

»Wofür?«

»Dass du da drinnen den schwierigen Teil des Jobs übernommen hast.«

»Schon gut«, sagte sie. »Was hast du rausgefunden?«

»Pheline Berger hat Martin Gensheimer bei ihrer Kündigung beschuldigt, sie sexuell belästigt zu haben. Seine Frau hat das Gespräch belauscht. Berger wollte ein Empfehlungsschreiben von ihm, er hat ihr stattdessen versichert, dass sie keine andere Ausbildungsstelle mehr kriegen werde. Aber sie glaubt nicht, dass ihr Mann das getan hat.«

»Was glaubst du?«

»Schwer zu sagen, wir konnten ihn ja nicht mehr persönlich sprechen. Was aber feststeht, ist, dass jeder hier ihn gehasst hat – sogar seine Frau, zumindest glaube ich niemandem, der betrogen wurde, dass er seinen Partner nicht zumindest teilweise dafür hasst«, gab er zurück und sah zu dem Durchgang, der zum Flur der Mitarbeiterunterkünfte führte. »Wirklich schwierig. Aber die ganze Sache würde erklären, warum Pheline Berger eben so bedrückt war.«

»Jetzt hat sogar sie ein Motiv.« Merle stieß einen gedehnten Seufzer aus und brummte. »Das ist doch verrückt.«

»Und wie sieht es deiner Meinung nach aus?«, fragte Gabriel, obwohl er bereits meinte, es zu wissen.

»Sagen wir, Martin Gensheimer hat sie tatsächlich am Arbeitsplatz sexuell belästigt, nach allem, was wir bislang gehört haben, wäre es ihm zuzutrauen. Sie zieht sich aus der

Kanzlei zurück – verständlicherweise. Da aber ein Abbruch nach einem halben Jahr bei künftigen Bewerbungsgesprächen ziemlich viele Fragen aufwerfen dürfte, verlangt sie von ihm ein Empfehlungsschreiben, dafür, dass sie die Sache für sich behält. Das könnte man sogar als Kompromiss bezeichnen.«

»Oder als Friedensangebot, das ihr schwergefallen sein dürfte.«

»Ja. Er geht aber nicht drauf ein und tut das, was er offenbar am besten kann: sie erpressen. Entweder sie bleibt, oder er sorgt dafür, dass niemand sie als Azubi nimmt und ihre Zukunft als Rechtsanwaltsgehilfin erledigt ist – wie es dann mit dem Jurastudium irgendwann aussieht, ist eine andere Frage. Das Netzwerk dafür hatte er sicher«, fuhr Merle fort. »Sie lässt sich darauf aber nicht ein und kündigt trotzdem. Er verbaut ihr ihre Zukunft, und sie geht in ihrer Verzweiflung und Scham zurück zu ihren Eltern ins gemachte Nest: Berger&Benelli. Genau zu dem Zeitpunkt, als die ein neues, zugegebenermaßen abgefahrenes Projekt aufbauen, von dem sie durch die Kontaktanbahnung zwischen Gensheimer und ihrem Vater erfahren haben dürfte. Der empfängt sie mit offenen Armen, sagt ihr, dass eine Ausbildung zur Hotelfachfrau und ein späteres Fernstudium ausreichen würde, damit er sie zur Leitung des neuen Nordseehotels macht. Als er hierherkommt, ist es schwierig genug für sie, ihn wiederzusehen.«

»Und falls sie davon erfahren hat, dass er ihre Eltern erpressen wollte – was scheinbar jeder hier gewusst oder erahnt zu haben scheint –, dürfte sie verzweifelt gewesen sein«, übernahm Gabriel ihre Argumentationskette. »Der Mann, der sie belästigt und ihr ihren Traum von einer Karriere als Anwältin genommen hat, kommt jetzt auch in ihr Zuhause und nimmt ihr die Sicherheit ihres neuen Jobs und ihrer Familie weg. Für sie muss er wie der Teufel höchstpersönlich sein.« Er dachte über seine eigenen Worte nach und nickte. »Ja, damit hat sie auch ein ziemlich starkes Motiv. Selbst, wenn die Anschuldigungen wegen sexueller Belästigung damals wirklich nur ein Schachzug von ihr gewesen sind und sie aus anderen Gründen gekündigt hat, wäre es nicht viel schwächer.«

»Damit hätten wir dann neun. Neun Verdächtige, weil jeder von ihnen ein Motiv hatte, das stark genug ist, um eine jeweilige Ermittlung zu starten – stark genug, dass jeder Staatsanwalt großzügige Befugnisse geben würde«, sagte Merle. »Jetzt müssen wir nur noch herausfinden, wer es gewesen ist.«

»Vielleicht haben sie sich auch alle in ihrer Abneigung gegenüber Martin Gensheimer zusammengetan, um ihn loszuwerden, und Thomas Berger hat ihn nur eingeladen, damit er ihnen in die Falle geht wie ein Stück Fleisch neun hungrigen Piranhas.« Er sagte all das im Scherz, trotzdem hatten seine eigenen Worte einen bitteren Nachgeschmack.

Ehe Merle etwas erwidern konnte, kam Penny die Treppe hinauf. »Hey, ihr beiden. Schoki hat da was, ihr solltet mal zu ihr gehen. Ich passe hier auf.«

KAPITEL SIEBZEHN

Shakoufeh Gheselbash erwartete sie im Flur direkt hinter der Tür im Treppenhaus, die zum untersten Deck führte. Er bildete ein Hufeisen rings um den Maschinenraum im Herzen der Bohrinsel, der sich bis weit nach unten in Richtung Wasserlinie über drei Stockwerke erstreckte, wie der Bauch eines Seeungeheuers auf vier Beinen.

»Penny meinte, du hast etwas herausgefunden, das wichtig sein könnte?«, fragte Gabriel.

»Das kann man wohl so sagen. Ich habe mit Herbert Lühns Hilfe ein paar Daten ausgewertet«, antwortete Schoki und deutete auf die Tür, durch die er gerade mit Merle hereingekommen war.

»Jede verschließbare Tür in diesem Hotel besitzt elektronische Schlösser. Ist offenbar ziemlich gängig bei neueren Gebäuden. Simple Mechanismen, aber mit Chips ausgestattet, deren rudimentäre Daten ausgewertet werden können.«

»Also weißt du, wer wann rein- und rausgegangen ist?«, fragte er hoffnungsvoll.

»Was?« Sie schüttelte den Kopf. »Immer wenn wir über

Technik reden, habe ich das Gefühl, mit einem Kind zu sprechen, das professionelle Unterstützung braucht.«

»Hey, du hast Daten gesagt!«

»*Rudimentäre* Daten«, stellte Schoki richtig. »Ich konnte sehen, wie häufig welche Tür jeweils ihren Schließmechanismus betätigt hat.«

»Klingt nach nicht besonders viel«, sagte Merle mit unverhohlener Enttäuschung in der Stimme.

»Für euch Analogleuchten vielleicht.« Die IT-Spezialistin bedeutete ihnen mit einem Wink, ihr zu folgen. Sie ging den Hufeisenflur entlang nach rechts, statt zum Wartungsbüro oder der Tür zum Maschinenraum. Der Gang war hier relativ eng, und es gab keine Bullaugen. »Aber für mich«, fuhr Schoki fort, »waren die Daten wie ein Puzzle, bei dem alle Teile gleichzeitig zusammenfallen – an ihren richtigen Platz. Ihr müsst euch jetzt nur noch einen Reim drauf machen.«

»Wie wär's, wenn du uns das Puzzle zeigst?«, fragte Gabriel fiebrig.

»Immer so ungeduldig.« Sie blieb vor einer Tür stehen, auf der ›Zutritt nur für Mitarbeiter‹ geschrieben stand, und klopfte dagegen. »Hier pennen normalerweise die Techniker.« Ihre Finger wanderten zu Klinke und Schloss. »Der Schließmechanismus wurde zweimal aktiviert, einmal vor etwas mehr als drei Stunden und einmal vor etwas weniger als drei Stunden.«

»Das ist in etwa die Tatzeit.«

»Die Claude nur sehr grob eingrenzen konnte«, erinnerte Merle ihn.

»Das sagt sie immer, aber es gibt einen Grund, warum sie Teil der Soko ist.« Gabriel starrte das Türschloss an, als handle es sich um ein endloses Enigma. Dann wandte er sich an Schoki, die ihre wilde schwarze Lockenmähne zu einem mächtigen Zopf gebändigt hatte. »Ich schätze, dass du mit Lühn und Andersen schon gesprochen hast?«

»Klaro. Beide waren laut eigener Aussage zu der Zeit nicht in der Nähe, sondern oben in der Kantine.«

»Hm.« Er deutete auf das kleine Sensorfeld neben der Tür. »Sie sind aber die Einzigen mit Schlüsselkarten für diese Tür, oder?«

»Sie und die Hotelmanagerin, Angela Friedrichsen. Aber die hat einen Generalschlüssel für sämtliche Türen, genau wie Herbert Lühn als leitender Ingenieur.«

»Die kanns nicht gewesen sein«, meinte Merle. »Sie war zu der Zeit in ihrem Büro, was sowohl Thomas Berger, als auch Sarah Gensheimer bestätigt haben.«

»Nein, nur Thomas Berger«, korrigierte Gabriel sie. »Frau Gensheimer hat lediglich den Streit zwischen ihr und ihrem Mann mitbekommen, was logischerweise vor dem Tatzeitpunkt gewesen sein muss.«

»Stimmt.«

»Trotzdem müssen wir davon ausgehen, dass ihr Alibi vorerst gedeckt ist, dann bleibt ja nur noch Lühn.«

»Ich wusste zwar nichts von irgendeinem Alibi, aber ich habe ihn gefragt, ob er eine Idee hat, wer das gewesen sein könnte«, sagte Schoki. »Hätte ja sein können, dass noch jemand außer ihm und Fram Andersen herkommt, um ein Nickerchen zu machen. Er hat mir aber versichert, dass nie überhaupt jemand zu ihnen runterkommt, weil es hier laut und stickig ist. Aber«, sie tippte mit einem Fingernagel gegen das Sensorfeld, »das Ding hier ist defekt. Lühn hat schon vor zwei Wochen ein neues Relais bestellt, aber wegen der ganzen Lieferkettenproblematik ist es immer noch nicht angekommen.«

Gabriel dachte über ihre Worte nach und drückte die Klinke herunter. Die Tür ließ sich problemlos öffnen. Dahinter befand sich ein kleiner Raum mit zwei Stockbetten, einem kleinen Tisch unter einem Bullauge mit Salzkruste auf dem Glas sowie zwei Spinden an der Wand.

»Tatsache«, brummte er. »Also hätte es jeder sein können.«

»Jein«, sagte Merle. »Jemand muss erst einmal durch die Tür nach hier unten, Deck 1, gekommen sei. *Das* Kartenlesending ist nämlich nicht kaputt. Womit wir wieder bei Lühn und Andersen wären.«

»Aber Martin Gensheimer ist im Maschinenraum gestorben, das heißt, dass er auch Zugang hatte.«

»Was es nach jetzigem Stand am wahrscheinlichsten macht, dass einer der beiden der Täter war.«

»Aber das ergibt keinen Sinn«, widersprach Gabriel kopfschüttelnd. »Die beiden haben als so ziemlich Einzige auf dieser Plattform keinerlei Motiv, und sie waren zum Tatzeitpunkt oben in der Kantine.«

»Das Alibi sollten wir besser mal überprüfen«, schlug sie vor. »Remy Haby, der Koch, müsste ja bestätigen können, dass sie in der Kantine waren.«

»Und Erika Hanno, sie hat immerhin das Interview mit den beiden geführt.« Er wandte sich an Schoki. »Ist dir noch etwas aufgefallen mit anderen Türen?«

»Klar. Es wurden unheimlich viele geöffnet im ganzen Hotel.« Sie fummelte an ihrer Hosentasche herum und zog einen DIN-A4-Zettel heraus, den sie umständlich entfaltete und ihm entgegenstreckte. »Da stehen alle Schlossaktivierungen drauf, etwa eine halbe Stunde vor bis eine halbe Stunde nach dem vermuteten Tatzeitpunkt. Da könnt ihr ja vielleicht was draus machen. Ich kann es jedenfalls nicht.«

»Danke.« Gabriel nahm den Zettel und überflog die langen Listen. Verstehen konnte er jedoch nicht viel. Erst als Merle ihm den Lageplan zeigte und er Türen und die dazugehörigen Räume miteinander abglich und entsprechende Notizen machte, ergab sich ein Bild, das er verstand. »Gut, jetzt wissen wir, welcher Code zu welchem Schloss gehört.«

Merle, die ihm über die Schulter geblickt hatte, stieß ein

lang gezogenes Seufzen aus. »Das sind eine Menge Türen und noch viel mehr Zeitpunkte. Wie sollen wir aus dem Salat jemals einen Zusammenhang ziehen?«

»Nicht meine Aufgabe.« Schoki deutete in den Flur. »Ich gehe jetzt zurück zu den beiden Technikern, bevor sie wieder anfangen zu heulen.«

Gabriel zog eine Augenbraue hoch.

»Die sind echt fertig wegen der ganzen Sache.« Sie zuckte mit den Achseln und ging zurück.

»Hm«, machte er nachdenklich. »Ich teile Schokis Gefühl, dass das hier wichtig ist.« Er wackelte mit dem entfalteten Zettel in seiner Hand. »Aber du hast recht: Das sind ein paar hundert Zeilen mit Zeitstempeln.«

»Ich schlage vor, dass wir ganz simpel vorgehen: Zuerst sprechen wir mit Remy Haby. Der Koch soll uns sagen, wann wer in der Kantine war. Wir schließen zuerst aus, dass Lühn und Andersen zur besagten Zeit hier unten gewesen sein können. Danach arbeiten wir uns von dort aus weiter: Erika Hanno als diejenige, die die beiden interviewt hat.« Merle tippte auf einen Türcode, den er neben den Zugang zum Dach geschrieben hatte. »Mit dem hier können wir auch gleich überprüfen, ob sie wirklich zur Tatzeit auf dem Dach war, um die Fotos von der Nordsee zu schießen, die sie uns auf ihrem Handy gezeigt hat.«

Gabriel suchte nach dem entsprechenden Code in der Liste, fand aber nur vier Aktivierungen in den letzten vier Stunden und die deckten sich mit der Zeit ihrer Ankunft. Eine würde zu Erno Heinrichsen gehören, als er aufs Dach gekommen war, eine, als die Tür wieder ins Schloss zurückgefallen ist, wieder eine, als er sie geöffnet hat, um mit ihnen nach unten zu gehen und die vierte, als sein letztes Teammitglied hindurchgegangen ist.

»Sie war nicht auf dem Dach.«

»Also hat sie über ihr Alibi gelogen.«

»Und das nicht als Erste«, erinnerte er sie. »Sarah Gensheimer hat gelogen, als sie meinte, Fernsehen geschaut zu haben. Katrin Berger hat gelogen, in der Sauna gewesen zu sein. Sarah Gensheimer wollte uns weismachen, dass sie ihr Zimmer nicht verlassen habe, hat aber vor der Tat ihrem Mann hinterherspioniert.«

»Du glaubst, dass sie nicht die Einzigen waren, die gelogen haben?«, fragte Merle und er nickte. »Falls sie nicht alle zusammen einen Mord begangen haben, gehen hier merkwürdige Dinge vor.«

»Zu viele Geheimnisse und verborgene Agendas«, sagte Gabriel. »Ein Hotel voller Lügen, so viel steht fest. Gehen wir zur Kantine.«

KAPITEL ACHTZEHN

Remy Haby fanden Sie wieder in der Küche, diesmal allerdings ohne Pheline Berger, die im Speisesaal herumlief und für Ordnung zu sorgen schien. Der elsässische Koch war gerade dabei, das übrig gebliebene Essen wegzuschmeißen, mit dem Gabriel und Merle sich den Bauch vollgeschlagen hatten. Mitanzusehen, wie diese kulinarischen Meisterwerke im Mülleimer landeten, versetzte ihm einen Stich des Bedauerns – dem düsteren Gesichtsausdruck Habys nach zu urteilen, erging es ihm ganz ähnlich.

»Falls Sie schon wieder Hunger haben«, sagte er mit seinem säuselnden französischen Akzent, »kommen Sie etwas zu spät.«

Haby nahm einen Teller mit aufwändig angerichtetem Dessert und warf ihn grimmig als Ganzes in den Müll.

»Deswegen sind wir nicht hier«, gab Gabriel zurück und starrte den Mülleimer an, als hätte er gerade ein Verbrechen miterlebt.

»Es ist eine Schande!«, meinte Haby und rümpfte pikiert die Nase. »Kein Geld der Welt ist es wert, *so* mit Kunst umzugehen.« Er hob einen weiteren Teller hoch und streckte ihn in ihre Richtung. Darauf befand sich eine Art Tortenstückchen mit roter Soße ringsherum, garniert mit einem Basilikumblättchen. »Das hier ist gustatorische Perfektion, *comprenez vous*?«

»Monsieur Haby, es gab hier ein Todesopfer«, erinnerte Merle ihn mit strenger Stimme, doch der Koch seufzte bloß und warf auch diesen Teller in den Müll. Es klirrte laut, als die Keramik zerbrach.

»*Putain!* Die Kulinarik ist gestorben!«

»Wir haben ein paar Fragen an Sie«, sagte Gabriel, bevor sich der Franzose in einer erneuten Tirade ergießen konnte.

»Was für Fragen?«

»Die Kantine, sie befindet sich da links, oder?« Er deutete auf die Schwingtür in der linken Wand. »Die für die Mitarbeiter.«

»*Oui.* Warum?«

»Wir haben gehört, dass vor etwa dreieinhalb Stunden Herbert Lühn und Fram Andersen hergekommen sind, um mit Erika Hanno ein Interview zu führen.«

»Wer ist das? Ich wurde nur für diesen Tag engagiert.«

»Herbert Lühn und Fram Andersen sind Techniker. Sie tragen Arbeitskleidung.«

»Ah, *oui.* Ja, die waren hier. Er ein bisschen dick, der andere noch jung«, entgegnete Haby. »Da kam aber noch wer.«

»Erika Hanno.«

»*Je ne c'est pas.*« Ein Schulterzucken.

»Eine Frau mit roter Brille. Journalistin.«

»*Oui,* die kam hier durch und hat lange mit den Männern gesprochen. Warum?«

»Wann war das ungefähr?«, fragte Gabriel.

»Das weiß ich doch nicht.« Haby warf theatralisch die Hände in die Luft. »Ich habe mit nur einer Küchenhilfe ein Dîner für zehn Personen gekocht. Wissen Sie, wie es da in einer Küche aussieht? Nach Stress und Zeitdruck.«

»Ich verstehe.« Und das tat er tatsächlich. Warum sollte sich der Mann merken, um wie viel Uhr genau jemand kam und ging, während er unter Hochdruck versuchte, ein Essen vorzubereiten, das seinen vermutlich horrenden Stundenlohn rechtfertigte?

»Wissen Sie in etwa, in welcher Reihenfolge sie gekommen und gegangen sind?«, schaltete Merle sich wieder in das Gespräch ein.

Remy Haby antwortete nicht sofort, kratzte sich stattdessen nachdenklich am Kopf, ehe er nickte. »*Oui,* also diese Madame mit der roten Brille, die kam eine ganze Weile vor den beiden Arbeitern wieder hier durch. Wie gesagt: Ich weiß nicht, wie lange, aber sie kam vorher. Kann ich mich dran erinnern, weil sie wenigstens den Anstand hatte, sich für die Störung zu entschuldigen.«

»Wie meinen Sie das? Waren Lühn und Andersen unfreundlich?«

»*Non, non,* die haben sich beeilt, um nicht im Weg zu stehen. Diese beiden reichen Russen, die standen einfach im Weg rum und haben so getan, als würde ich nicht existieren, als ich sie verflucht habe.«

Gabriel horchte auf. »Die beiden Russen? Meinen Sie Woljow und Tschernanskaja?«

Habys Miene verdüsterte sich erneut, doch bevor er antworten konnte, sagte Merle: »Ja, schon klar, Sie kennen keine Namen. Eine hübsche Frau mit blondem Zopf und ein untersetzter Mann mit kahlem Schädel?«

»*Oui.* Die beiden.«

Gabriel und Merle warfen sich einen vielsagenden Blick zu.

»Können Sie sagen, wie lange die beiden in etwa hier waren und wo genau sie standen?«

Remy Haby musterte ihn mit gerunzelter Stirn, und es schien bereits, als würde er jeden Augenblick den Kopf schütteln, doch schließlich ging er zur Tür, die zum Speisesaal führte, tat, als wäre er durch sie hereingekommen und ging dann auf die Schwingtür zur Kantine zu. Dort hielt er plötzlich inne, bevor er sich daneben stellte. »Hier ungefähr, keine Ahnung. Und wie lange, weiß ich auch nicht. Sie waren jedenfalls beide wieder weg, als Rotbrille rausgekommen ist.«

»Danke.« Gabriel rauchte der Kopf so sehr, dass er schon fürchtete, ihm würde Qualm aus den Ohren kommen.

Haby musterte ihn mit plötzlich erwachendem Interesse. »Ist dieser Gensheimer-Typ wirklich ermordet worden?«

»Möglicherweise.«

»*Putain.*« Der Koch kratzte sich am Kopf und seufzte, als habe er erst jetzt realisiert, dass das hier kein Scherz war, sondern eine echte Ermittlung.

Na ja, so etwas Ähnliches wie eine echte Ermittlung, rief Gabriel sich ins Gedächtnis, denn an dem, was sie hier taten, war kaum etwas wie bei einer normalen Ermittlungsarbeit.

»Können Sie uns einen Gefallen tun, Monsieur?«, fragte Merle und deutete auf die Schwingtür zur Kantine, in die ein kleines kreisrundes Fenster eingelassen war.

»Alles für eine hübsche Frau wie Sie.« Remy Habys Zorn war längst verflogen und einem charmanten Lächeln gewichen, das Gabriel irgendwie störte.

»Können Sie in die Kantine gehen und einfach in ganz normaler Lautstärke vor sich hin sprechen?«

Der Koch blinzelte verwirrt, nickte jedoch und verschwand in dem anderen Raum mit den zwei schmucklosen Tischen, die Gabriel durch das Fenster sehen konnte. Dann begann er sein geplantes Menü aufzuzählen, ehe er sich in einer schier endlosen Tirade über verschwendetes Talent erging.

»Du glaubst, sie haben das Interview belauscht?«, fragte Merle neben ihm.

»Offensichtlich.« Er drehte sich um und deutete zur Speisesaaltür. »Sie kommen rein, gehen auf die Kantine zu und bleiben dann hier stehen.« Er deutete auf das kleine Fenster in der Schwingtür. »Aber so, dass sie von da drinnen nicht zu sehen sind. Dann gehen sie wieder, bevor Erika Hanno herauskommt und sie entdeckt.«

»Aber wieso? Tschernanskaja und Woljow können sich noch nicht einmal leiden. Das war doch ziemlich offensichtlich.«

»Vielleicht war es so offensichtlich, weil sie uns genau das glauben lassen wollten?«

»Oder sie sind hierhergekommen, um sich zu streiten.« Merle klang von ihren eigenen Worten nicht besonders überzeugt.

»Das hätten sie auch auf ihren Zimmern tun können.« Gabriel schüttelte den Kopf. »Nein, ich glaube sie sind hergekommen, um unter vier Augen zu sprechen – ohne Unterbrechungen.«

»Aber das hätten sie auch auf ihren Zimmern tun können.«

»Sicher? Irgendwer hätte mitbekommen, dass sie sich da treffen und sie vom Flur aus belauschen können. Aber hier muss man erst durch die Küche, und die war zu dem Zeitpunkt so laut, dass sie vor Zuhörern einen gewissen Schutz geboten haben muss. Außerdem kommen sie aus Russland und der Ukraine und sind aktuell bestimmt paranoid genug, um zu denken, dass ihre Zimmer verwanzt gewesen sein könnten. Aber nicht die Mitarbeiterkantine.«

Merle schien seine Worte abzuschmecken und schnalzte dann mit der Zunge. »Meine Güte. Aber wieso?«

»Ich weiß es nicht. Scheinbar sind sie aber nicht so verfeindet wie gedacht.«

»Und sie sind nicht einfach wieder weggegangen, sondern haben ganz offensichtlich gelauscht.«

Gabriel nahm die Logdateien für die Türschlossaktivierungen wieder zur Hand und glich die Zeiten der Küchentür ab. Sie passten zu der Geschichte. Einmal für Lühn und Andersen, noch einmal für Erika Hanno und dann nach einer Weile für Woljow und Tschernanskaja. Zehn Minuten später wieder Woljow und Tschernanskaja, dann Hanno und eine halbe Stunde später erneut für die beiden Techniker – sofern nicht Haby oder seine Küchenhilfe für eines oder mehrere Male verantwortlich waren. Das glaubte er jedoch nicht, da sie laut der Aussage des Kochs mit ihren Vorbereitungen für das Abendessen unter Stress standen.

»Interessant«, murmelte er.

»Was?«, fragte Merle und kam an seine Seite, um auf das Stück Papier zu sehen. Im Hintergrund war Habys Tirade zu hören, gedämpft durch die Schwingtür. Mittlerweile schimpfte er auf Französisch. Gabriel fand, dass es klang, als würde er sich den Hintern mit Seide abwischen.

»Die Tür zu Deck 1 wurde fünf Minuten später geöffnet.«

»Später als was?«

»Später als die vorletzte Aktivierung dieser Tür.« Er deutete auf die zum Speisesaal.

»Als Hanno herausgekommen ist.«

»Ja.«

»Aber Lühn und Andersen waren noch in der Kantine. Sie sind die Einzigen mit Zugangskarte für Deck 1, abgesehen von Angela Friedrichsen, die zu der Zeit aber in ihrem Büro war, dem Vorraum von Thomas Bergers Büro«, sagte Merle.

»Ja, da stimmt was nicht.« Gabriel fuhr mit dem Finger die Zeitstempel der entsprechenden Tür entlang. »Die durchschnittliche Zeit zwischen Öffnung und Verschluss des Mechanismus beträgt außerdem fünf Sekunden. Zu diesem Zeitpunkt aber vierzig.«

»Hast du eine Theorie?«

»Noch nicht. Aber wir sollten etwas ausprobieren«,

schlug er vor und bedeutete ihr, ihm zu folgen.

Sie verließen die Küche und gingen zum Treppenhaus, hinab auf Deck 2 und Deck 1, bis sie vor der Tür standen. Das Sensorfeld hatte Herbert Lühn schon länger deaktiviert, damit sie ein- und ausgehen konnten, also öffnete er sie, ging mit Merle hindurch und ließ sie zufallen. Dann sah er auf die Uhr.

»Etwas über eine Minute.«

»Falls Hanno an eine Karte gekommen ist, ist sie nicht direkt hierhergekommen«, stellte Merle fest.

Gabriel nickte. »Sieht so aus. Was hat sie dann gemacht?«

»Wenn Sie es gewesen ist.«

»Sie hat über ihr Alibi gelogen. Sie war nicht auf dem Dach, falls dieses Dokument nicht lügt.« Sie zeigte auf seinen Zettel mit den Zeitstempeln. »Außerdem ist es komisch, dass die Tür hier über eine halbe Minute offen gewesen sein soll.«

Sie gingen wieder hinaus, und Gabriel bedeutete Merle, erneut durch zu gehen. Sie tat es, nur dass er diesmal zurückblieb und die Tür aufhielt, kurz bevor sie ins Schloss fiel. Nachdem er bis zehn gezählt hatte, schob er sie vorsichtig auf und ging zu ihr hinein in den hufeisenförmigen Flur.

»Das waren etwa zwanzig Sekunden.«

»Worauf willst du hinaus?«, fragte sie.

»Vielleicht hat jemand ungesehen die Tür aufgehalten und ist nach ihr reingegangen.«

»Das wäre doch aufgefallen.«

Er dachte nach, drückte die Klinke erneut herunter und schob die Tür einen winzigen Spalt weit auf, ehe er aus seiner Hosentasche eine Münze nahm und auf den Boden zwischen Türkante und Türrahmen legte.

»Das reicht schon, dass sie nicht schließt. Und man sieht nicht einmal, dass sie noch offen ist.« Um seinen Punkt zu verdeutlichen, drückte er sie mit dem Zeigefinger ein Stück weit auf.

»Okay«, sagte Merle, öffnete sie ganz und ging in den Flur

am Ende der Treppe hinaus. »Wie lautet die Theorie? Tschernanskaja und Woljow wollten sich ungestört unterhalten, aber die Kantine war schon besetzt. Sie sind dann gegangen, bevor Erika Hanno sie bemerkt hat – aus irgendeinem Grund. Dann gehen sie hier runter, warten, Erika Hanno kommt und sie unterhalten sich ein paar Minuten. Hanno öffnet die Tür, einer der beiden Investoren steckt eine Münze in den Rahmen und dann warten sie erneut, bis sie ihr hinterhergehen?«

»Zum Beispiel.« Gabriel nickte.

»Aber da verstehe ich einige Sachen nicht …«

»Warte.« Er zeigte ihr den Zettel mit den Zeitstempeln der Türschlösser. »Wenn es wirklich Erika Hanno war, die zuerst reingegangen ist, dann ist sie direkt in den Maschinenraum weiter. Die Tür ist nämlich nur fünf Sekunden später auf und zu gegangen.«

»Und eine Minute später ist die zum Schlafraum der Techniker aufgegangen, den Schoki uns gezeigt hat«, sagte Merle mit Blick auf einen Eintrag weiter unten, der zu dem Türcode des Schlafraums auf Deck 1 gehörte. »Tschernanskaja und Woljow?«

»Möglicherweise. Da wären sie auf jeden Fall ungestört gewesen. Aber wieso?« Er kratzte sich am Kopf. »Sag mir nicht, dass die auch eine Affäre hatten. Das ist ja wie in einer Episode der *Lindenstraße*.«

»Da ist aber üblicherweise niemand gestorben.«

»Sind wir sicher, dass Erika Hanno diejenige war, die als Erste reingegangen ist?«, fragte er.

»Das ist eine rhetorische Frage, oder?«

»Ja.«

»Was tun wir also, um es herauszufinden?« Merle sah ihn in Erwartung der rhetorischen Antwort neugierig an.

»Wir sprechen natürlich mit Tschernanskaja und Woljow«, sagte Gabriel.

KAPITEL NEUNZEHN

Gabriel öffnete die Tür zu Tschernanskajas Zimmer im Mitarbeiterflügel, nachdem er höflich geklopft hatte.

»Sie schon wieder.« Die ukrainische Investorin seufzte. Sie wackelte mit ihrer rechten Hand in seine Richtung. Zwischen den Fingern hielt sie ihr Smartphone. »Warum gibt es immer noch keinen Empfang?«

»Die Techniker kümmern sich gerade darum«, log er. »Mir ist noch eine Frage gekommen.«

»Aha.« Sie wirkte nicht sonderlich interessiert daran, sie ihm zu beantworten. »Wo ist Ihre Kollegin? Haben Sie die auch mit Ihren Fragen genervt?«

»Warum haben Sie uns angelogen?«

»Wie bitte?« Ludmilla Tschernanskaja richtete sich empört auf.

»Sie haben suggeriert, dass Sie Woljow nicht ausstehen können, ihm nicht einmal glauben, dass er den Kreml und Russland hinter sich gelassen hat. Trotzdem machen Sie gemeinsame Sache mit ihm«, sagte Gabriel mit fester Stimme und blieb eine Armlänge entfernt vor ihr stehen, statt sich wie beim letzten Mal zu setzen. Er wusste um seine physische Präsenz und manchmal war sie kein Nachteil.

»Wovon reden Sie da?«

»Bevor Sie sich in weitere Lügen verstricken: Meine Kollegin, Frau Winter, befindet sich gerade im Gespräch mit Herrn Woljow, und ich bin sehr interessiert am Ergebnis. Wenn Sie beide die gleiche Geschichte erzählen, wird mir das dabei helfen, einen potenziellen Mordfall aufzuklären. Wenn sich die Geschichten aber nicht decken, hat mindestens einer von Ihnen beiden gelogen, und das macht Sie verdächtig. In diesem Fall wird es längere Ermittlungen geben, und ich werde alles daran setzen, Sie in Untersuchungshaft zu stecken.«

»Das können Sie gar nicht«, entgegnete Tschernanskaja kühl, doch ihre Stimme hatte etwas von dem Schneid verloren, der sie sonst ausgemacht hatte.

»Ich nicht, nein, aber Sie erinnern sich vielleicht daran, dass ein Generalstaatsanwalt zu Gast ist«, schoss Gabriel zurück und deutete nach oben. »Nur ein Deck höher.«

Im Gesicht der Ukrainerin begann es zu arbeiten. Ihre Augen ruckten hin und her, ihre Kiefermuskeln spannten sich an, und sie schob die Unterlippe ihres vollen Mundes vor und zurück.

»Denken Sie gern darüber nach, aber einer von Ihnen beiden wird erkennen, wann es richtig ist, die Wahrheit zu sagen, um die eigene Haut zu retten. Sie sind beide Investoren, also geht es letztendlich um Kalkulationen in Ihrem Job, habe ich recht?«

Sie antwortete nicht, doch es brauchte auch keine Worte, um zu sehen, dass seine Worte genau dort trafen, wo er hingezielt hatte.

»Sie können mich nicht inhaftieren.«

»Doch, weil ich einen gut begründeten Verdacht habe«, gab er zurück. »Und dann können Sie nicht ausreisen, und bei jemandem, der eine vorübergehende Aufenthaltsgenehmigung in der Schweiz hat, brauche ich nicht erwarten, dass die schweizerischen Behörden sich querstellen. Ein Aktenvermerk reicht bei Ihnen schon aus, und Sie müssen Ihre neue Wahlheimat verlassen.«

»Sie reden so viel, weil Sie im Dunkeln fischen«, sagte Tschernanskaja.

»Ach ja?« Gabriel schnaubte. »Sie waren vor etwa drei Stunden in der Küche und haben Erika Hanno während ihres Interviews mit den beiden Technikern belauscht – gemeinsam mit Konstantin Woljow. Dafür haben wir zwei Zeugen. Danach sind Sie runter zum Deck 1 gegangen, in den für Gäste gesperrten Bereich.« Er zog das Blatt Papier mit dem Ausdruck der Zeitstempel für die Türschlösser aus seiner Hosentasche. »Sie waren also exakt in der Zeitspanne im Maschinenraum, als Martin Gensheimer den Tod fand.«

»Wir waren nicht im Maschinenraum!«, brauste Tschernanskaja auf.

»Wir?«, fragte er, und sie warf ihm einen Blick zu, der ihn in Flammen hätte aufgehen lassen, wäre er nur etwas brennbarer gewesen. »Sie meinen sich und Woljow.« Er tat ihre Aussage mit einem Wink ab. »Das wusste ich schon.«

»Ach ja?«

»Ja.«

»Warum kommen Sie dann zu mir?«

»Weil ich wissen will, wer noch durch die Tür gegangen ist«, erwiderte er.

Tschernanskaja schwieg.

»Es macht keinen Sinn, dass Sie eine Journalistin decken, und auch nicht zu hoffen, dass Woljow im Nachbarzimmer es tun wird. Wenn er auch nur ein wenig cleverer ist als Sie, weiß meine Kollegin längst die Wahrheit. Wollen Sie mir also helfen oder soll ich rausgehen, mir von Oberkommissarin Winter erzählen lassen, was er gesagt hat, und *ihn* als Verbündeten haben?«

»Was wollen Sie?«, fragte die Investorin grimmig.

»Haben Sie Martin Gensheimer getötet?«

»Nein!«

»Aber Sie hatten ein Motiv.«

»Das hatte ich nicht«, widersprach sie.

»Sie wollten Ihrem ärgsten Widersacher, Konstantin Woljow, seine Investition vermiesen. Dem Oligarchen des Feindes, der einen riskanten Deal eingegangen ist, als er in dieses Hotel investiert hat. Deswegen sind Sie überhaupt erst hier angereist und Thomas Bergers Ruf gefolgt.«

»Ich soll jemanden getötet haben, um einem anderen Investor eins auszuwischen? Nur weil er aus dem Land kommt, das meine Heimat angegriffen hat?«, fragte Tschernanskaja, und aus ihrem Mund klang es tatsächlich nach einem sehr dünnen Motiv.

»Warum waren Sie dann da unten?«

Als sie keine Anstalten machte, etwas zu erwidern, wandte er sich in Richtung Tür.

»Dann gehe ich jetzt zum Generalstaatsanwalt. Ich habe keine Geduld mehr.«

»Wir mussten unter vier Augen miteinander reden«, sagte sie, als seine Hand sich auf den Türgriff legte. Gabriel hielt inne, ohne sich umzudrehen. »Irgendwo, wo wir nicht abgehört werden können. Erst dachten wir an die Kantine, aber die war besetzt.«

»Und?«

»Durch Zufall habe ich gehört, dass Erika Hanno und diese Männer sich über die Schlüsselkarten unterhalten haben und sie eine davon sehen wollte. Einer der anderen meinte dann, dass er sehr viele habe, und hat sie wahrscheinlich auf den Tisch gelegt, so wie es sich angehört hat. Dann hat sie sich entschuldigt, weil sie sie offenbar durch ein Ungeschick heruntergeworfen hat. Ich brauchte nicht mal hinhören, um zu verstehen, dass sie eine geklaut hat. Also sind Konstantin und ich runter gegangen und haben auf sie gewartet. Wir haben getan, als würden wir uns vor der Tür unterhalten, um etwas Privatsphäre zu haben.«

»Und da haben Sie sie in ein Gespräch verwickelt.«

»Ja. Sie wollte erst wieder gehen, weil sie meinte, sie wäre aus Versehen ein Stockwerk zu tief gegangen. Dann haben wir uns aber verabschiedet und um die Ecke gewartet. Sie kam nicht hinterher, sondern ist da reingegangen. Konstantin hat im letzten Augenblick mit einem kleinen Bündel Geldscheine die Tür blockieren können.«

Natürlich keine Münze, kommentierte Gabriel das Gehörte lakonisch in Gedanken.

»Warum so eine Mühe?«

»Wie bitte?«

»Sie duzen Herrn Woljow offenbar. Also war das tatsächlich eine Show, diese ganze Abneigung«, antwortete er ausweichend. »Hatten Sie eine Affäre?«

»Was?« Tschernanskaja lachte trällernd. »Sie haben zu viel Fantasie, und ich fühle mich ein bisschen gekränkt, muss ich gestehen.«

»Warum dann die Geheimniskrämerei? Was wollten Sie da unten?«

»Ich mache Ihnen ein Angebot«, schlug die Ukrainerin vor.

»Ich bin nur an der Wahrheit interessiert.«

»Wenn ich Ihnen die Wahrheit sage, behandeln Sie das Gesagte vertraulich.«

Gabriel dachte darüber nach. »Das kann ich nur versprechen, wenn es mit diesem Fall nichts zu tun hat und mein Schweigen keine Straftat verhindern würde. Ich bin Polizist.«

»Dann haben wir eine Abmachung.«

»Und Sie glauben meinem Wort? Einfach so?«, fragte er überrascht.

»Sie haben lange darüber nachgedacht. Ich glaube, Sie

halten sich wirklich für einen guten Gesetzeshüter.« Tschernanskaja zuckte mit den Schultern. »Außerdem habe ich morgen den nächsten wichtigen Termin in der Schweiz und keine Zeit für Verzögerungen. Schon gar nicht wegen einer Lappalie mit Konstantin Woljow.«

Gabriel rechnete schon damit, dass Sie ihm wirklich von einer Affäre erzählen würde, da belehrte sie ihn bereits eines Besseren.

»Wir wollten uns absprechen für eine Übernahme.«

»Äh, bitte was?«, fragte Gabriel perplex. Er hatte mit einigem gerechnet, aber nicht *damit.*

»Haben Sie sich die Unternehmenszahlen der letzten zehn Jahre angeschaut?« Die Investorin stieß ein tiefes Brummen aus. »Thomas Berger stößt regelmäßig Projektideen aus, von denen der Großteil viel Potenzial hat und tatsächlich aus fundierten Überlegungen besteht, die viel Wachstum versprechen. Aber dann biegt er irgendwo falsch ab, auf recht dilettantische Weise und drückt seinen Kurs im Vorstand durch, weil er einundfünfzig Prozent der Anteile der Holding hält.«

»Ich dachte, das wäre durch seine Frau als Geschäftsführerin besser geworden.«

»Ist es auch – im operativen Tagesgeschäft. Die Zahlen stimmen wieder, sorgen aber nur für minimales Wachstum im Nachkommabereich. Das ist zu wenig bei der Position auf dem Markt, die Berger&Benelli haben könnte«, erklärte Tschernanskaja. »Gerade mit den Kontakten in die Baubranche und die Politik müsste das Unternehmen eine Goldgrube sein, ein Selbstläufer.«

»Aha, und was genau hatten Sie und Herr Woljow zu besprechen?«

»Er hält bereits Anteile im einstelligen Prozentbereich, und Thomas Berger vertraut ihm.«

»Aber Woljow vertraut Berger nicht.«

»Nein. Er ist Geschäftsmann und versteht, wann die

falsche Person am Ruder ist. Das ist nichts Persönliches. Es geht ums Geschäft.«

»Klar«, sagte Gabriel, doch sie schien seinen Sarkasmus entweder nicht zu bemerken oder bewusst zu ignorieren.

»Konstantin und ich haben uns unter vier Augen unterhalten müssen, um die Übernahme und das Herausdrängen Bergers aus seinem Unternehmen zu planen. Mir war klar, dass er mich hierher eingeladen hat, um Anteile zu kaufen, damit ich ein Gegengewicht zu Konstantin bilde. Er braucht das frische Kapital, und er braucht mich, damit keine Unwucht entsteht. Wie alle anderen dachte er auch, dass wir beide verfeindet sind und sich damit keine geschlossene Opposition im Vorstand- oder Aufsichtsrat bilden kann.«

»Sie haben seinen eigenen Plan gegen ihn verwendet«, fasste Gabriel zusammen und fragte sich, warum er eigentlich ob ihrer kaltblütigen Berechnung so überrascht war.

»Ja.«

»Aber Woljow ...«

»Ist der Feind?« Tschernanskaja schnaubte verächtlich. »Ach, kommen Sie! Hier geht es ums Geschäft. Wenn ich meine Emotionen und politischen Überzeugungen nicht aus meinen geschäftlichen Entscheidungen heraushalten könnte, wäre ich heute nicht da, wo ich jetzt stehe.«

»Ihr geheimer Plan war also, dass Herr Woljow Thomas Berger vorschlägt, dass Sie ein großes Anteilspaket kaufen – und er Sie dazu überredet –, und er dafür im Gegenzug ein gleichgroßes kaufen würde.«

»Fünfundzwanzig Prozent. Jeweils. Damit würde Berger noch immer fünfzig behalten und sich sicher fühlen, weil er denkt, dass Konstantin und ich nie zusammen stimmen würden – gegen ihn. Eine Kosten-Nutzen-Kalkulation, auf die er leicht hereinfallen würde, schließlich ist er ein guter Netzwerker und Visionär, aber ein miserabler Ökonom und Stratege.« Sie wedelte abfällig mit der Hand.

»Und sobald er den Trick bemerkt, ist er im eigenen Unternehmen handlungsunfähig, und Sie drängen ihn mit einem goldenen Handschlag ganz raus«, mutmaßte Gabriel, und Tschernanskaja grinste wölfisch.

»Sehen Sie, aus Ihnen könnte auch ein Geschäftsmann werden.«

»Nein, danke. Wo haben Sie dieses Gespräch geführt? Mit Woljow, meine ich.«

»In dem Schlafraum der Techniker«, antwortete sie so, wie er es bereits vermutet hatte. »Als das Gespräch in der Kantine über die Schlüsselkarten geführt wurde, hat einer der Männer gesagt, dass die Arbeiten an den elektronischen Schlössern abgeschlossen sind, nur eines noch defekt ist.«

»Das vom Schlafraum.«

»Ja. Er hat sich über die Lieferzeiten für irgendein Relais beschwert, also dachte ich, dass ich unseren Raum gefunden habe, um uns unter vier Augen zu besprechen, ohne dass Berger Wind davon bekommt.«

»Wie sieht die Räumlichkeit aus?«

Tschernanskaja runzelte die Stirn und lächelte denn verstehend. »Zwei Stockbetten, ein kleiner Tisch unter einem Bullauge, das mal gesäubert werden müsste. Brauchen Sie noch mehr Details, um mir zu glauben? Tut mir leid, wenn ich Sie enttäusche, Herr Kommissar, aber ich bin nicht Ihre Mörderin, und Konstantin Woljow war es auch nicht.«

Gabriel stand auf, zwang sich, seine Abneigung gegenüber der Frau zu unterdrücken, und ging zur Tür.

»Danke für Ihre Kooperation«, sagte er neutral und ging hinaus. Da wartete Merle bereits auf ihn.

KAPITEL ZWANZIG

»Und was hat er erzählt?«, fragte Gabriel, nachdem er Merle detailliert wiedergegeben hatte, was er bei Ludmilla Tschernanskaja in Erfahrung bringen konnte.

»Im Prinzip das Gleiche«, antwortete sie. »Sie wollten Thomas Berger ausspielen und auf die Ersatzbank verbannen. Sie glauben an Berger&Benelli, aber nicht an die Bergers. Ich hoffe, du bist nicht zu enttäuscht.«

»Enttäuscht?«

»Keine Affäre. Kein der-Feind-in-meinem-Bett.«

»Ich bin ehrlich gesagt froh, dass wir die beiden schon mal mit ziemlicher Sicherheit als Täter ausschließen können«, gab er zurück, ohne auf ihren Scherz einzugehen.

»Was auf Erika Hanno nicht zutrifft«, sagte Merle.

»Nein. Sie war zur Tatzeit im Maschinenraum. Dafür haben wir jetzt zwei Zeugen.« Gabriel winkte mit seinem Zettel, auf dem die Zeitstempel der Türschlösser aufgelistet waren. »Und die entsprechenden harten Daten.«

»Allerdings«, wandte sie ein, »ist der Todeszeitpunkt von Martin Gensheimer äußerst grob bemessen. Claude hat selbst gesagt, dass es eine ungefähre Schätzung ist anhand der einsetzenden Totenstarre. Nichts, was wir auf die Minute festlegen könnten.«

»Das ist richtig, aber nicht viele Personen hätten es in den Maschinenraum schaffen können.«

»Was mich noch etwas stutzig macht, ist die Tatsache, dass Erika Hanno unten im Treppenhaus – aus ihrer Sicht – scheinbar zufällig auf die beiden Investoren trifft, die sich eigentlich spinnefeind sein sollten. Dann geht sie trotzdem in den für Gäste verbotenen Bereich, obwohl sie ganz sicher nicht so naiv ist zu glauben, dass die beiden nicht bemerken, dass sie ihnen nicht nach oben folgt.«

»Tschernanskaja und Woljow wussten, dass Hanno etwas ausheckt, und Hanno wusste, dass Tschernanskaja und Woljow etwas aushecken«, stimmte er ihr zu. »Keiner von den dreien ist naiv. Im Gegenteil, auf ihre Art sind sie alle schlitzohrig und kalkulierend.«

»Trotzdem ist sie durch diese Tür gegangen, wohl wissend, dass die beiden Investoren es mitbekommen müssen. Also hat sie das in Kauf genommen«, sagte Merle und hob zwei Finger. »Dafür kann es nur zwei Gründe geben: Entweder sie wollte, dass die beiden ihr folgen, oder sie wollte zumindest, dass sie davon wissen, dass sie hineingegangen ist.«

Gabriel dachte eine Weile über ihre Worte nach. »Wenn sie die Täterin ist, dann wäre es in ihrem Interesse gewesen, dass Tschernanskaja und Woljow sich in der Nähe des Tatorts aufhalten. Es hat uns beide nicht viel Zeit gekostet, starke Motive bei beiden von ihnen auszumachen, dann wird es einer Journalistin mit Investigativhintergrund wie Hanno auch nicht schwer gefallen sein.«

»Ablenkungen.« Die Oberkommissarin nickte. »Clever. Vielleicht wollte sie sogar, dass die beiden sie bei dem Gespräch mit Lühn und Andersen belauschen.«

»Das klingt nach einem ziemlich komplexen Masterplan.«

»Würdest du es ihr zutrauen?«

»Ja.«

»Siehst du?«

»Aber da passen einige Dinge immer noch nicht zusammen«, sagte er mit düsterer Miene. »Nehmen wir an, dass Erika Hanno die Täterin ist und es geschafft hat, Lühn oder Andersen eine ihrer Schlüsselkarten abzunehmen.«

»Andersen.«

»Wie bitte?«

»Herbert Lühn hat doch am Anfang darüber geschimpft, dass der junge Techniker seine Schlüsselkarte öfter mal verbaselt.«

»Stimmt.« Gabriel nickte und legte die Finger seiner großen Hände aneinander. »Jetzt fehlt nur noch ein Weg, wie das Opfer hingekommen sein soll. Martin Gensheimer müsste ja nach ihr in den Maschinenraum gekommen sein, weil er keine Schlüsselkarte besessen hat. Zumindest keine, von der wir wüssten.«

»Und er muss hingegangen sein, während Tschernanskaja und Woljow noch in dem Schlafraum gewesen sind und die Tür nicht verriegelt war«, fügte Merle hinzu.

»Bevor Lühn und Andersen zurückgekommen sind. Die hätten nämlich die Geldscheine bemerkt, die das Schloss blockiert haben und hätten sie mit Sicherheit entfernt.«

»Sie waren noch eine halbe Stunde nach dem Interview in der Kantine. Das haben sie doch gesagt oder?«

»Ja.« Er nickte. »Das gibt uns ein Zeitfenster von weniger als dreißig Minuten, in denen Martin Gensheimer hergekommen sein muss und getötet wurde.«

Merle streckte eine Hand aus und deutete auf den Zettel mit den Zeitstempeln. Gabriel musste lächeln, weil er verstand, dass sie dasselbe dachte wie er. Nicht zum ersten Mal war er froh, dass sie ihm aus Pellworm gefolgt war, um sich seinem Team anzuschließen.

»Die Tür zur Küche ist um 14:55 Uhr auf und zu gegangen«, stellte sie fest. »Das müssten Lühn und Andersen gewesen sein. Wir können die Zeit noch mal mit ihnen abgleichen. Wenn das hinkommt, haben wir in etwa den Zeitpunkt, zu dem sie losgegangen sind und damit auch den spätesten Endpunkt, zu dem sich Tschernanskaja, Woljow und Hanno noch auf Deck 1 befunden haben dürften.«

»Und den Zeitpunkt, an dem Martin Gensheimer schon tot war.«

»Genau.« Ihre Blicke trafen sich, und Merle deutete ein Lächeln an. »Langsam kommt etwas Licht ins Dunkel.«

»Aber noch nicht genug, um sehen zu können, was genau passiert ist«, entgegnete er.

»Für ein paar Stunden Gespräche finde ich unseren Fortschritt ziemlich erstaunlich. Ich werde nur aus der Hanno-Sache nicht schlau. Sie geht zum Tatort, aber das Opfer ist noch gar nicht da.«

»Vielleicht hat sie ihm eine Falle gestellt?«

»Möglich. Aber die beiden hatten keinerlei Kontakt während ihres Aufenthalts hier. Keinen, von dem wir wüssten.«

»Denkst du, dass sie einen Komplizen gehabt haben könnte?«, fragte Merle. »So wie bei der Sache auf Pelle?«

»Das in Perlworm war etwas anderes«, antwortete er. Ihm widerstrebte es noch immer, an den Fall zurückzudenken. Obwohl er aufgeklärt werden konnte und sie ein kleines Mädchen gerettet hatten, stellten sich ihm nach wie vor die Nackenhaare auf, wenn er daran zurückdachte, was auf der kleinen nordfriesischen Insel alles geschehen war.

In welchen Abgrund er geblickt hatte – auch in sich selbst.

»Gabriel?« Seine Kollegin legte ihm eine Hand auf den Arm. »Alles in Ordnung?«

»Ja, schon gut. Ich habe nur nachgedacht.«

»Wovon gehen wir also erst einmal aus?«

»Von gar nichts. Wir dürfen keine voreiligen Schlüsse

ziehen – auch keine, die auf den ersten Blick fundiert wirken. Hier sind zu viele Interessen mit zu vielen Motiven und zu vielen Lügen im Spiel. Wenn wir an der falschen Stelle ein Feuer entzünden, fliegt uns noch alles um die Ohren«, entschied er. Da Merle jedoch nicht aussah, als wäre sie damit zufrieden, fügte er hinzu: »Erika Hanno war zur Tatzeit hier, so viel können wir mit großer Wahrscheinlichkeit annehmen. Aber jeder andere, außer dem Koch, den beiden Technikern und Tschernanskaja und Woljow könnten ebenfalls in den Maschinenraum gelangt sein, sollte Hanno *die* Tür mit einem simplen Trick offen gehalten haben, so wie die beiden Investoren.« Er nahm den Zettel mit den Zeitstempeln hoch. »Es ist hier nämlich nur eine Öffnung verzeichnet, so wie bei der Tür im Treppenhaus, und dann schließt sie sich erst zwanzig Minuten später wieder.«

»Damit haben wir den Tatzeitraum.«

Gabriel nickte.

»Und jetzt?«

»Jetzt finden wir heraus, wer zu dieser Zeit auf Deck 1 war.«

»Klingt gut. Wie?«, fragte Merle.

»Wir sprechen mit den verbliebenen Verdächtigen: Angela Friedrichsen, sie war Martin Gensheimers Affäre und wollte, dass er sich trennt. Falls sie herausgefunden hat, dass er sie nur benutzt hat, um Informationen über ihren Arbeitgeber zu beschaffen, statt seine Frau für sie zu verlassen, könnte sie ihn im Zorn getötet haben. Thomas Berger könnte dafür gesorgt haben, dass Gensheimer ihm seine Firma und seine Familie nicht zerstört, Katrin Berger verhindern wollen, dass er ihr Ansehen und ihre Leistungen zunichte macht und Markus Fehl, um seine Karriere und seinen Ruf zu retten, indem er den Anwalt tötet, der ihm mit einem Urheberrechtsstreit sein Lebenswerk zerstören wollte.«

»Oder Pheline Berger, die sich für sexuelle Belästigung

rächen wollte«, warf Merle ein. »Und ebenfalls die Zerstörung ihres Lebenstraums. Unser Opfer scheint wirklich ein Händchen dafür gehabt zu haben, anderen ihr Leben schwer zu machen und sie zu bedrohen.«

»Was ist eigentlich mit dem Inder?«

»Paul Leutheusser?«

»Ja.«

»Hm. Vielleicht sollten wir ihn noch mal abklopfen. Erika Hanno sollten wir noch nicht konfrontieren, um sie nicht aufzuschrecken, ehe wir alle anderen Türen geöffnet haben. Irgendwas ist an der Sache noch nicht rund, außer sie war mit Gensheimer im Maschinenraum verabredet.«

»Glaubst du wirklich, dass noch jemand damit zu tun hatte?«

»Ich weiß es nicht, aber wenn Martin Gensheimer nicht mit Hanno verabredet war, muss jemand anders ihn runter gebracht haben. Vielleicht sollten wir noch mal mit seiner Frau reden«, schlug er vor.

»Aber Paul Leutheusser verbirgt ganz offensichtlich was und ist die einzige Blackbox, die noch geblieben ist«, wandte Merle ein. »Das macht ihn schon für sich genommen verdächtig.«

»Du hast recht. Allerdings haben wir keinen neuen Ansatzpunkt, um diese Blackbox zu knacken. Er kennt seine Rechte und unsere Grenzen offenbar ganz genau und weiß, dass wir im Trüben fischen würden, wenn wir ihn härter angehen. Der hat auf mich nicht den Eindruck gemacht, als würde er schnell einknicken.«

Seine Kollegin dachte über seine Worte nach und nickte schließlich. »Denke ich auch. Also erst zu Sarah Gensheimer.«

KAPITEL EINUNDZWANZIG

»Sie schon wieder. Haben Sie endlich den Mörder meines Mannes gefunden?«, fragte Sarah Gensheimer mit geröteten Augen. Sie sah aus, als wäre sie in der letzten Stunde um Jahre gealtert. Ihr Gesicht wirkte blutleer.

»Nein, aber wir machen Fortschritte«, versicherte Merle ihr, als sie mit Gabriel in ihr Zimmer kam und sich aufs Bett ihr gegenüber setzte.

»Das klingt nach Ausflüchten.«

»Ihr Mann ist gegen halb drei heute Nachmittag unten in den Maschinenraum auf Deck 1 gegangen. Wissen Sie, warum?«

Die Witwe schien angestrengt zu überlegen. Schließlich sagte sie: »Er wollte sich mit einem Kontakt treffen.«

»Mit *einem Kontakt?*«, hakte Gabriel nach. »Er hat nicht zufällig gesagt, mit welchem?«

»Nein.«

Tschernanskaja und Woljow jedenfalls nicht, dachte er. *Die hatten mit Martin Gensheimer weniger zu schaffen als gedacht und wollten mittels Investments die Firma an sich reißen. Ein Rechtsstreit hätte ihnen womöglich nur in die Karten gespielt, um den Kaufpreis für ihre Anteile zu drücken. Pheline Berger war wohl kaum ein Kontakt, bei Angela Friedrichsen war er schon, und Markus Fehl war Gegner in einem Urheberrechtsstreit. Bleiben noch Erika Hanno und Paul Leutheusser.*

»Wissen Sie in etwa, wann das war?«

»Ungefähr um halb drei, danach haben Sie doch gefragt«, brummte die Witwe.

»Sind Sie sicher?«

»Nein, ich weiß nur, dass es nach zwei gewesen sein muss, weil ich bis kurz nach zwei mit unserem Sohn telefoniert habe.« Ihr Gesicht verdüsterte sich, als hätte jemand einen Lichtschalter umgelegt. »Was soll ich ihm bloß sagen?«

Er konnte sehen, dass sie kurz davorstand, zu schluchzen, also schob er rasch eine Frage hinterher: »Hat er gesagt, wo er hinwollte?«

»Zu einem Kontakt, das sagte ich doch!«

»Ich meine örtlich. Wissen Sie noch, wie sein genauer Wortlaut gewesen ist?«

»Wie soll ich mich daran erinnern? Er meinte, dass er kurz rüber geht zu einem Kontakt.«

»Rüber? Das war seine Wortwahl?«

»Ich denke schon. So was in der Art.«

»Nicht *runter*.«

»Nein, das hätte mich bestimmt gewundert, weil das Hotel für Gäste nur hier und oben begehbar ist. Außer bei der angekündigten Führung, aber die war für nach dem Essen angesetzt, also wusste er, dass wir da nichts zu suchen haben«, erklärte Sarah Gensheimer den Tränen nahe.

Gabriel wechselte einen seiner häufigen Blicke mit Merle, die langsam nickte.

»Sagt Ihnen der Name Paul Leutheusser etwas?«, fragte die Oberkommissarin, die ihm scheinbar die Gedanken von den Augen abgelesen hatte.

»Hm, ich denke nicht«, sagte Gensheimer.

»Denken Sie ruhig länger darüber nach.«

Die Witwe schniefte lang gezogen und kniff dann die Augen zusammen. »Der Name kommt mir irgendwie bekannt vor. Das war vielleicht mal ein Klient oder eine Gegnerpartei.«

»Sämtliche Abrechnungen sind in der Kanzlei Ihres Mannes doch sicher über Ihren Schreibtisch gegangen«, ermunterte Merle sie zu weiteren Anstrengungen, um sich zu erinnern.

»Ja, aber Sie können sich bestimmt vorstellen, dass es sehr viele gewesen sind über die Jahre. Wie gesagt: Der Name klingt irgendwie bei mir an – zumindest der Nachname. Aber ich könnte nicht meinen Finger drauflegen, tut mir leid.«

»Das reicht schon«, befand Gabriel und stand auf. »Ich glaube, Sie haben uns gerade weitergeholfen.«

Zurück im Flur senkte er die Stimme, nachdem er die Tür hinter ihnen geschlossen hatte.

»Paul Leutheusser ist ganz sicher kein indischer Investor, und der Nachname ist nicht gerade alltäglich, darum dürfte er Sarah Gensheimer auch im Gedächtnis geblieben sein. Für wie hoch hältst du die Wahrscheinlichkeit, dass es sich um einen Zufall handelt?«

»Null«, sagte Merle und er nickte.

»Eben.«

»Gegenfrage: Für wie hoch hältst du die Wahrscheinlichkeit, dass jemand mit dem Profil von Martin Gensheimer mit fairen Mitteln kämpfte?«

»Null.«

Merle lächelte. »Eben.«

»Denkst du, was ich denke?«

»Wenn du *Privatdetektiv* denkst, dann ja.«

»Warum haben wir eigentlich noch nicht geheiratet?«, fragte er.

»Lass mal überlegen: Weil du die Lindenstraße zitierst wie

meine Oma, dir deine Wohnung mit einem Frettchen teilst, das Blablaquatschi heißt, du mich schon mal Ostfriesin genannt hast und unser erstes Date darin geendet hat, dass ich dir per Nudelkatapult das Hemd ruiniert habe. Soll ich weitermachen?«, fragte sie lapidar.

»Hey, das war kein Date!«

»Du wolltest mit mir essen gehen. Was war das dann?«

»Arbeit.«

»Wir arbeiten auch jetzt gerade. War dein Antrag etwa gar nicht ernst gemeint?«, fragte sie und schlug sich gespielt pikiert die Hände vor den Mund. »Ich bin entrüstet!«

»Ich will ja nicht unterbrechen, was auch immer das hier wird«, wurden sie von einer dritten Stimme unterbrochen. Es war Penny, die aus dem Korridor mit den Fahrstühlen in den Flur trat und beiläufig in die Richtung deutete, aus der sie gekommen war. »Aber Thomas Berger will mit euch sprechen.«

Gabriel sah zu Merle, die jedoch recht ratlos aussah. »Gehen wir.«

»Äh, er ist aber in seinem Büro«, sagte Penny, als sie in Richtung des Mitarbeiterzimmers gehen wollten, in dem sie ihn das erste Mal befragt hatten.

»Was? Wieso? Er sollte doch …«

»Ich weiß«, erwiderte die junge Kommissarin unglücklich. »Er ist einfach rausgegangen und hat gesagt, dass er in sein Büro muss – ich habe ihm gesagt, dass das keine gute Idee ist, aber was hätte ich machen sollen?«

»Ihn aufhalten.« Gabriel machte eine gequälte Miene. »Schon gut.«

»Ich habe erst überlegt, ihm zu folgen, um zu sehen, was er vorhat, aber dann hätte ich den Flur hier aus den Augen gelassen und wir hätten nicht gewusst, ob die anderen Verdächtigen sich miteinander unterhalten.«

»Schon gut«, wiederholte er und legte ihr eine Hand auf

die Schulter. »Das hast du richtig gemacht, sorry.« Er wandte sich an Merle. »Gehen wir?«

»Klar.«

Thomas Berger fanden sie tatsächlich in seinem Büro, nachdem sie durch das kleine Vorzimmer gegangen waren, in dem normalerweise Angela Friedrichsen saß – wie eine Sekretärin, obwohl sie die Geschäftsführerin des Hotels war und sein würde. Gabriel fragte sich, ob sie in Zukunft das Büro des Familienpatriarchen beziehen würde oder nicht. Schließlich war das hier ihr ›Reich‹.

»Da sind Sie ja«, sagte Berger, als sie hereinkamen. Er saß hinter seinem Schreibtisch und winkte sie ungeduldig herbei. Der Raum war recht spärlich eingerichtet – ein Wandsafe, zwei Familienfotos, ein Aktenschrank.

»Wir wären schneller bei Ihnen gewesen, wenn Sie in dem für Sie vorgesehenen Zimmer geblieben wären, wie es unserer Bitte entsprach.«

»Ich musste einige Anrufe erledigen. Ein paar Stunden Nichtstun kosten uns Millionen.«

»Aber Sie haben doch gar keinen Empfang«, bemerkte Merle.

Berger hob ein Gerät vom Schreibtisch auf, das eine fingerdicke Antenne besaß. »Satellitentelefon. Ist Pflicht auf einer Bohrinsel.«

»Wen haben Sie angerufen?«, fragte Gabriel misstrauisch.

»Meine Sekretärin. Ich habe ihr Anweisungen gegeben, bis ich zurück bin«, sagte Berger.

»Sieht aus wie ein altes Nokia-Handy in riesig.«

»Funktioniert auch fast genauso. Drei Farben.«

»Können wir die Techniknostalgie auf ein anderes Mal verschieben?«, schlug Merle vor. »Sie wollten mit uns sprechen?«

»Ja.« Thomas Bergers Miene wurde düster. »Ich will wissen, weshalb Sie meine Tochter belästigen!«

»Wie bitte?«

»Sie haben mich schon genau verstanden.« Der Unternehmer, der eigentlich wie ein gutmütiger Opa aussah, hatte die buschigen Augenbrauen dicht zusammengezogen. »Ich habe gehört, dass Sie sie auch befragt haben. Lassen Sie sie bitte in Ruhe. Meine Tochter hat schon genug Stress.«

»Woher wissen Sie überhaupt davon?«, wollte Gabriel wissen.

»Ich habe Ihre Kollegin gefragt, die drüben im Mitarbeitertrakt Wache hält.«

»Was haben Sie sie gefragt?«

»Wann das hier vorbei ist und dass ich Sie sprechen will. Sie meinte, dass Sie beide gerade für eine Befragung in der Küche sind.« Berger schnaubte aufgebracht. »Aber das tut nichts zur Sache. Wichtig ist, dass Sie meiner Tochter nicht das Leben noch schwerer machen.«

»Wir wissen von ihren Anschuldigungen gegen Martin Gensheimer«, sagte Gabriel.

Sein Gegenüber schluckte sichtlich und ließ sich in seinen Schreibtischsessel fallen, als hätte er plötzlich sämtliche Kraft in seinen Gliedern verloren.

»Sie wussten davon. Wir standen unter dem Eindruck, dass Ihre Tochter Ihnen das verheimlicht hat.«

»Ich hatte einen Verdacht«, sagte Berger matt.

»Und trotzdem haben Sie Martin Gensheimer hierher eingeladen? Sie müssen doch gewusst haben, dass die beiden sich begegnen werden und das schwer für Pheline wird.« Gabriel fiel es nicht leicht, seinen Unmut darüber zu verdrängen. Aber er ließ sich nichts anmerken.

»Ich habe erst davon erfahren, als die beiden sich begegnet sind und Pheline erstarrt ist. Ich wusste, dass Gensheimer ein egoistischer, manipulativer Mistkerl ist, aber nicht, dass er so ein Schwein ist.«

»Klingt beinahe, als hätten Sie eine Menge Wut auf ihn gehabt«, meinte Merle.

»Sie können mir gerne ein Motiv anhängen, weil ich ihn verachte.« Berger winkte nachlässig ab. »Aber er war ein verdammtes Schwein.«

»Hatten Sie das Bedürfnis, handgreiflich zu werden?«

»Natürlich hatte ich das«, gab der Unternehmer erstaunlich freimütig zu. »Sie haben bestimmt keine eigenen Kinder, sonst hätten Sie die Frage gar nicht stellen brauchen.«

»Wollten Sie wirklich Frieden mit ihm schließen?«, fragte Gabriel ruhig. »Als Sie ihn eingeladen haben, meine ich?«

Berger antwortete nicht sofort und mahlte mit den Zähnen.

»Sie wollten ihn aus dem Weg räumen, habe ich recht?«

»Ich habe ihn nicht umgebracht!«, brauste sein Gegenüber auf.

»Das habe ich auch nicht behauptet. Aber der Sinn und Zweck seiner Einladung bestand nicht darin, ihm ein Friedensangebot zu machen. Sie sind nicht naiv genug, um zu glauben, dass das hätte funktionieren können.«

»Wie kommen Sie darauf?«

»Jeder, der hier anwesenden Gäste hatte irgendeine Art von Groll auf Martin Gensheimer. Was für einen besseren Tag hätte es geben können, um irgendeinen Schmutz zu Tage zu fördern, mit den Sie ihn zurückerpressen können?« Gabriel wollte fortfahren, doch Merle legte ihm scheinbar beiläufig eine Hand auf den Unterarm, und er schwieg.

»Eine Frage«, sagte sie. »Sagt Ihnen der Name Peter Leutheusser etwas?«

Überrascht von der Frage sah er seine Kollegin von der Seite an.

»Ähm, wieso fragen Sie?«, antwortete Berger, und Gabriels Überraschung wuchs noch weiter.

»Das ist dann wohl ein *Ja*«, befand Merle. »Wir wissen,

dass er ein Privatdetektiv ist. Haben Sie ihn angeheuert, um ihn auf Martin Gensheimer anzusetzen?«

Der Unternehmer antwortete nicht sofort und musterte sie beide eindringlich, während er scheinbar Chancen und Risiken verschiedener Antworten abwägte.

»Wir wissen bereits, dass Naatu Patel eigentlich Paul Leutheusser ist, und wir wissen, dass er als Privatdetektiv arbeitet«, log Gabriel. Nun, es war nicht einmal wirklich eine Lüge, schließlich hatte Berger ihre Vermutung so eben quasi bestätigt. »Überlegen Sie sich Ihre Antwort also gut.«

»Ich hatte den Kontakt von Angela. Ich sah eine Chance in diesem Treffen und wollte sie ergreifen. Wenn Herr Leutheusser etwas gefunden hätte, dann wären alle Gäste froh darüber gewesen«, erklärte der Unternehmer schließlich.

»Sie sind doch gar nicht so naiv, wie Ihre Kritiker vielleicht denken«, stellte Merle fest. »Tut uns leid, wenn wir noch einmal fragen müssen, aber wo waren Sie heute zwischen 14 und 15 Uhr?«

»Habe ich ja schon gesagt: Ich war hier in meinem Büro, weil ich ein wichtiges Telefonat führen musste. Das kann Angela Ihnen bestätigen.«

»Okay, Sie haben ein wichtiges Telefonat geführt, mit Ihrem Satellitentelefon. Warum nicht mit dem Normalen?«

»Für wichtige nehme ich eben das, da gibt es nie Verbindungsprobleme.«

»Und dann?«, hakte Gabriel nach.

»Gegen drei habe ich einen internen Anruf bekommen und bin für die letzten Vorbereitungen hoch in die Küche gegangen«, sagte Berger.

Gabriel warf Merle einen langen Blick zu.

»Was?«, fragte ihr Gegenüber.

»Nichts. Würden Sie meiner Kollegin jetzt wieder in Ihr Zimmer im Mitarbeitertrakt folgen? Ihr Telefonat ist doch beendet, oder?«

Widerwillig stand Thomas Berger auf und nickte. Gabriel bedeutete Merle, mit dem Hotelinhaber vorzugehen. Als beide hinausgegangen waren, nahm er das Satellitentelefon zur Hand und navigierte über die simplen Tastenabfolgen ins Hauptmenü und zu der Anrufliste. Er mochte kein Smartphone besitzen, aber mit alten Nokias kannte er sich aus. Das Telefon in seiner Hand sah tatsächlich nicht bloß ähnlich aus, es ließ sich auch ähnlich bedienen.

Entsprechend routiniert fand er den letzten ausgehenden Anruf vor zehn Minuten und scrollte weiter nach unten. Er fand einen zwischen 14 und 15 Uhr, für die Dauer von einer halben Stunde.

»Aha«, murmelte er, legte das Telefon zurück und folge den beiden in den Korridor, wo er sie einholte und kaum merklich nickte, als Merle ihm einen fragenden Blick zuwarf.

»Er lügt zumindest nicht über den wichtigen Anruf«, erklärte Gabriel, als Berger zurück in seinem Mitarbeiterzimmer war und sie mit Penny auf dem Flur standen. »Es gab ein Gespräch auf seinem Satellitentelefon, achtundzwanzig Minuten lang.«

»Damit hätten wir sein Alibi bestätigt«, sagte Penny.

»Nein.« Merle schüttelte den Kopf. »Das Satellitentelefon könnte sich zur Gesprächszeit überall im Hotel befunden haben. Jetzt ist es gerade dort, aber wer weiß, wo es zu der Zeit gewesen ist?«

»Aber warum sollte er lügen?«

»Das weiß ich nicht«, sagte Gabriel abwesend. »Angela Friedrichsen hat bestätigt, dass er in seinem Büro war. Ich sehe auch keinen Grund mehr, ihn zu verdächtigen. Alles deckt sich mit anderen Aussagen.«

»Eine Lüge hat er uns aber trotzdem aufgetischt«, meinte Merle. »Er hat gesagt, dass er um drei hoch in die Küche gemusst habe. Aber seine eigene Tochter hat uns vor nicht allzu langer Zeit erklärt, dass er sich einer Küche niemals auch nur auf fünf Meter nähert, weil er Küchen hasst seit einer irgendwie traumatischen Kochausbildung, die er als junger Mann abgebrochen hat.«

»Irgendwas stimmt hier ganz und gar nicht.« Gabriel deutete auf die Tür von Angela Friedrichsens zeitweisem Zimmer. »Wir sollten jetzt noch mal mit der Geschäftsführerin reden. Sie hat den Kontakt zu Paul Leutheusser hergestellt, der würde mich doch arg interessieren, denn sie wirkt mir nämlich nicht gerade wie die Person, die ein ganzes Portfolio von Privatschnüfflern führt. Was hältst du davon, wenn wir sie in ihrem Büro befragen?«

Merle überlegte nicht lange und nickte, als sie verstand, worum es ihm ging.

KAPITEL ZWEIUNDZWANZIG

»Warum haben Sie mich in das Vorzimmer gebracht?«, verlangte Angela Friedrichsen zu wissen, doch Gabriel antwortete nicht sofort und deutete auf den leeren Stuhl hinter ihrem Schreibtisch. Zögernd setzte sie sich.

»Das hier wird demnächst das Vorzimmer *Ihres* Büros, richtig?«, fragte er.

»Ja. Während des Umbaus war es das von Herrn Berger, aber sobald das Hotel seinen Betrieb aufnimmt, wird es meins sein – immer dann, wenn ich hier vor Ort bin zumindest.«

»Sie haben gesagt, dass Ihr Chef zwischen etwa 14 und 15 Uhr in seinem Büro war und ein wichtiges Telefonat geführt hat. Konnten Sie ihn hören?«

»Nein.« Friedrichsen schüttelte den Kopf.

Merle ging durch die Tür in das Zimmer, in dem sie eben noch mit Thomas Berger gesprochen hatten, und schloss sie hinter sich. Es wurde still, als Gabriel lauschte und die Geschäftsführerin ihn fragend anblickte.

»Diese Tür ist offenbar deutlich besser schallgeschützt als diese.« Er deutete auf die, durch die sie aus dem Korridor hereingekommen waren.

»Natürlich. Es werden vertrauliche Gespräche geführt«, erinnerte Angela Friedrichsen ihn.

Merle kam zurück und sah ihn fragend an. Er schüttelte den Kopf.

»Woher wussten Sie dann, dass Herr Berger zur angegebenen Zeit ein wichtiges Telefonat geführt hat?«, fragte Gabriel.

»Weil er gesagt hat, dass er nicht gestört werden will. Das ist nicht ungewöhnlich.«

»Und was hat er um drei Uhr getan?«

»Ich weiß die Uhrzeiten nicht genau, aber gegen drei kam er irgendwann aus seinem Büro und hat gesagt, dass er nach oben muss und ich hierbleiben soll, um einen Anruf entgegenzunehmen.«

»Wann kam er zurück?«

»Ich weiß es nicht. Ungefähr eine Viertelstunde später?« Friedrichsen zuckte mit den Achseln. »Er wirkte irgendwie aufgebracht und meinte, dass er noch einmal telefonieren müsse und nicht gestört werden wolle.«

»War noch irgendetwas auffällig?«, fragte Merle.

»Nein. Er hatte einen der Kartons mit, mit denen die Küche zukünftig Essen mit aufs Zimmer ausgeben will. Das ist aber nicht ungewöhnlich, Herr Berger isst ziemlich häufig und zwischen drei und halb vier ohnehin. Er ist Diabetiker.«

Gabriel sah zu Merle und schüttelte den Kopf. Um kurz nach drei hatte es keinen aus- oder eingehenden Anruf auf dem Satellitentelefon gegeben.

»Darf ich fragen, worauf Sie mit diesen ganzen Fragen hinauswollen?«

»Auf Paul Leutheusser«, sagte er unvermittelt und ließ damit die Axt fallen, nachdem er sie mit seinen scheinbar unwichtigen Fragen vorbereitet hatte.

Es wirkte. Sie versteifte sich augenblicklich.

»Wir wissen bereits, dass er Privatdetektiv ist und dass Sie den Kontakt hergestellt haben«, ließ Merle sie wissen, damit Friedrichsen gar nicht erst darauf kam, so zu tun, als würde sie nicht verstehen, wer sich hinter dem Namen verbarg.

»Und? Ich habe einen Privatdetektiv kontaktiert. Das ist nicht illegal!«

»Nein, ist es nicht«, bestätigte Gabriel. »Wir würden aber gerne wissen, wie häufig Sie mit Privatdetektiven zusammenarbeiten? Wühlen Sie häufig Schmutz über andere auf?«

»Was? Nein!«

»Wollten Sie Sarah Gensheimer beschatten lassen, um einen Grund für ihren Ehemann zu finden, dass er sich von ihr trennt?«, schlug Merle in dieselbe Kerbe.

»Das würde ich nie tun«, protestierte Angela Friedrichsen aufgebracht. Ihre Wangen glühten mittlerweile wie Lava und der Blick aus ihren Augen war zornerfüllt.

»Trotzdem haben *Sie* Ihrem Chef den Kontakt besorgt.«

»Das war nur dieses eine Mal! Ich bin Betriebswirtin und keine ...«

»Also gab es nur diesen einen Kontakt?«, fragte Gabriel sanft. Der freundliche Ausweg aus der Ecke, in die er sie gedrängt hatte.

Und sie nahm ihn an.

Friedrichsen nickte. »Ja, nur diesen einen.«

»Also haben Sie sonst nichts mit solchen zwielichtigen Gestalten zu tun«, sagte er und lehnte sich zurück an die Wand, als würde er sich entspannen.

»Natürlich nicht.«

»Woher hatten Sie dann den Kontakt?«

»Von Martin Gensheimer, stimmt's?«, fragte Merle.

Die Geschäftsführerin zögerte, doch ihr Zögern war so gut wie eine Zustimmung.

»Wie kamen Sie darauf, ihn wegen eines Privatdetektivs anzusprechen?« Als ihr Gegenüber keine Anstalten machte, etwas zu sagen, beugte die Oberkommissarin sich ein wenig vor. »Hören

Sie: Sie schützen gerade weder sich selbst noch jemand anderes. Aktuell verdächtigen wir Sie nicht. Sie haben ein gutes Alibi, denn Sie wissen, wann Herr Berger in seinem Büro war und wann nicht, wann er zurückgekommen ist. Das konnten Sie ja schlecht, wenn Sie nicht da waren, um es mitzubekommen. Wenn Sie uns einfach unsere Fragen beantworten, haben Sie uns in Windeseile aus Ihren Haaren und wir können das hier hinter uns bringen. Also frage ich Sie noch mal: Wieso haben Sie Martin Gensheimer auf Kontakte aus der Privatdetektivszene angesprochen?«

»Weil ich wusste, dass er von Zeit zu Zeit mit ihnen arbeitet – gearbeitet *hat.*« Angela Friedrichsen verzog das Gesicht, ihre Augen wurden feucht, und Gabriel fürchtete schon, sie würde anfangen zu weinen. Doch sie hatte sich besser unter Kontrolle als erwartet. »Und als Herr Berger mir von seiner Idee erzählt hat, wie er das Hotel retten will, habe ich die einzige Person gefragt, von der ich weiß, dass sie entsprechende Kontakte hat.«

»Ausgerechnet Martin Gensheimer, der Ziel der Schnüffelei werden sollte.«

»Wen hätte ich denn sonst fragen sollen? Außerdem habe ich ihm gesagt, dass ich den Kontakt für ein privates Problem bräuchte.«

»Reichlich naiv, finden Sie nicht? Wenn jemand eins und eins zusammenzählen konnte, dann Martin Gensheimer«, sagte Gabriel.

»Privatdetektive schließen Vertraulichkeitsvereinbarungen«, widersprach Friedrichsen.

»Denken Sie wirklich, dass jemand, der Identitätsfälschung begeht, sich an so etwas hält?«, fragte Merle kopfschüttelnd.

»Identitätsfälschung? Wie bitte?«

»Naatu Patel.«

»Das ist der indische Investor. Was ist mit dem?«

Merle und Gabriel wechselten einen Blick.

»Sie wissen es nicht?«, fragte er.

»Ich weiß *was* nicht?«

»Patel und Leutheusser sind ein und dieselbe Person.«

Die Geschäftsführerin blinzelte überrascht.

»Nein, Sie wissen es offenbar nicht. Aber Herr Berger wusste es.«

»Und ich wette«, meinte Merle, »dass auch Martin Gensheimer davon wusste.«

»Aber … dieser Mistkerl«, knurrte Friedrichsen.

»Hatten Sie Kontakt mit Herrn Leutheusser?«

»Nein, mit Herrn *Patel*«, gab sie zurück. »Er kam irgendwann mittags hierher ins Büro und hat mich um eine Führung gebeten, weil er nicht jeden Bereich des Hotels begehen konnte. Ich habe ihm gesagt, dass ich keine Zeit habe, außerdem ist mein Englisch nicht so gut, und er hat viele Fragen gestellt.«

»Was für Fragen?«, hakte Merle nach.

»Tausende, über die Verpflegung, Gästezahl, erwartete Gewinne pro Jahr, die prognostizierte Ausgabenstruktur, den PE-Ratio, technische Dinge.«

»Technische Dinge? Auch zum Maschinenraum?«

»Auch das, bestimmt, ja.«

»Hat er explizit um eine Führung auf Deck 1 gebeten?«, fragte Merle.

»Ja, aber das musste ich ablehnen. Er hat dann gefragt, ob er selbst hingehen dürfte, und ich habe ihm gesagt, dass das nur mit mir oder einem der Techniker ginge, die aber beschäftigt sind. Dann musste ich ihn bitten zu gehen«, erklärte Friedrichsen.

»Ist er dann gegangen?«

»Ja. Ich habe einen Anruf für Herrn Berger hereinbekommen und bin in sein Büro, um ihm das Telefon zu geben – ich hatte zu der Zeit das Satellitentelefon bei mir. Als ich zurückkam, war er endlich weg.«

»Er war also noch da, als Sie den Anruf entgegengenommen haben und durch die Tür da gegangen sind?«, fragte Gabriel und deutete in Richtung des Büros von Thomas Berger.

»Ja, aber wie gesagt nicht mehr, als ich wiederkam. Wieso?«

»Wie lange waren Sie bei Herrn Berger?«

»Keine Ahnung, eine oder zwei Minuten. Ich habe ihm gesagt, wer dran ist, ihm das Telefon gereicht und dann hat er mich noch irgendwas gefragt, ich glaube wegen der Stromversorgerverträge.«

»Wo bewahren Sie Ihre Schlüsselkarte normalerweise auf?«, fragte Merle.

»Ich habe zwei. Eine trage ich um den Hals«, Friedrichsen zog an einer Kordel um ihren Hals, am anderen Ende baumelte eine Schlüsselkarte im Kreditkartenformat, »und eine in meiner Schublade. Das sind Generalschlüssel, die zweite ist nur der Ersatz.«

»Könnten Sie uns die Ersatzkarte zeigen?«, forderte Merle sie auf.

»Natürlich.« Angela Friedrichsen öffnete die Schublade in ihrem Schreibtisch und begann darin zu kramen. Dabei bildeten sich immer tiefere Furchen in ihrer Stirn.

»Sie können sie nicht finden, habe ich recht?«

»Nein, aber die ist normalerweise hier. Sie muss irgendwie …« Die Geschäftsführerin hielt inne und sah auf. »Sie glauben doch nicht etwa, dass …?«

»Danke für Ihre Mithilfe«, sagte Gabriel und öffnete die Tür. »Wir können jetzt wieder gehen.«

KAPITEL DREIUNDZWANZIG

»Herr Leutheusser«, sagte Gabriel, als sie wieder im Zimmer des Privatdetektivs ankamen, nachdem sie Angela Friedrichsen in ihres zurückbegleitet hatten. »Wofür brauchten Sie die Schlüsselkarte von Frau Friedrichsen?«

»Ich weiß nicht, wovon Sie reden«, antwortete Paul Leutheusser mit verschlossenem Gesicht.

»Nun, die angesprochene Dame bezeugt, dass Sie heute Mittag bei ihr gewesen sind – natürlich unter Ihrer Scheinidentität – und ihr Fragen zu Deck 1 gestellt haben und sogar um eine Führung gebeten haben, weil Sie keinen Zugang gehabt haben. Da fragen meine Kollegin und ich uns, wieso Sie solch ein Interesse daran hatten.«

»Und warum die Schlüsselkarte aus ihrer Schublade gestohlen wurde, nachdem sie Sie kurz in ihrem Büro alleine gelassen hat«, warf Merle ein.

»Ich war bei ihr im Büro, ja. Ich habe meine Rolle als interessierter Investor gespielt, ja«, gab Leutheusser zu. »Aber ich habe nichts gestohlen, da irren Sie sich.«

»Wir werden sehen. Überlegen Sie sich Ihre nächsten Antworten lieber ganz genau.«

»Ist das eine Drohung?«

»Wir können es zu einer machen«, sprang Gabriel seiner Kollegin bei. »Ich hatte nie viel mit Privatdetektiven zu tun, aber ich glaube, dass ihr Ruf ihnen alles bedeutete. Hohe Erfolgsquoten, Diskretion. Dazu gehört auch, nicht verurteilt zu werden und als Krimineller dazustehen. Denn damit möchte niemand derjenigen in Verbindung gebracht werden, die sich Ihre Dienste leisten können.«

»Worauf wollen Sie hinaus?«, fragte Leutheusser kühl.

»Ich will darauf hinaus, dass wir bei Martin Gensheimer die besagte Schlüsselkarte aus Angela Friedrichsens Schublade gefunden haben«, log er. »Und nur Sie dafür infrage kommen, sie entwendet und ihm gegeben zu haben.«

»Ich habe ...«

»Bevor Sie antworten«, unterbrach Gabriel den Mann und hob beide Hände, »sollten Sie ein paar Dinge wissen. Wir sind nicht naiv und wissen, dass Martin Gensheimer verstanden haben wird, dass eine Anfrage für einen Privatdetektiv von Angela Friedrichsen nur von Thomas Berger stammen konnte. Der hat vertrauensvoll gehandelt, konnte ja schließlich nicht wissen, dass seine Geschäftsführerin eine Affäre mit seinem Feind hatte – die vermutlich auch durch Gensheimer strategisch geplant war. Ich sage Ihnen, wie es abgelaufen ist: Berger dachte, dass er seinem Widersacher diesmal einen Schritt voraus ist, weil er die richtigen Leute eingeladen hat. Als Geldgeber, klar, aber allen voran als Feinde von Martin Gensheimer. Der war also nicht der unwahrscheinlichste Gast, sondern der wichtigste. Er braucht einen Privatdetektiv, der im Vorfeld genug über die Eingeladenen herausfindet, um sie richtig zusammenzusetzen, mit genügend Groll gegen den Rechtsanwalt. Dann braucht er ihn auch hier vor Ort, um die Ereignisse zu steuern und Konflikte in Gang zu bringen, was nicht schwierig sein sollte. Also wendet er sich an Angela Friedrichsen und sagt, dass sie einen organisieren soll. Die weiß von seinem Plan nichts, fragt die einzige Person nach einem entsprechenden Kontakt, von der sie weiß, dass er sie besitzt. Gensheimer riecht den Braten und heuert *Sie* an, weil Sie schon häufig für ihn gearbeitet haben. Als Doppelagenten, sozusagen. Ihr Boss war Thomas Berger also ständig einen Schritt voraus.«

»Es ist keine Falle, wenn man weiß, dass es eine ist«, sagte Merle zustimmend.

»Sie sehen also, dass wir unsere Hausaufgaben gemacht haben. Glauben wir, dass Sie Martin Gensheimer ermordet haben?«, fuhr Gabriel fort und machte eine wohlgewählte Pause. »Nein, das tun wir nicht. Aber wenn Sie unsere Ermittlungen behindern – zum Beispiel, indem Sie uns anlügen, obwohl wir genügend Indizien haben, um Herrn Heinrichsen einzuschalten – dann werden wir Sie wegen Diebstahls der Schlüsselkarte und Identitätsfälschung anzeigen. Hier und jetzt. Wie gut wäre das für Ihre Karriere?«

Als der Privatdetektiv nicht sofort antwortete und mit den Zähnen mahlte, sah Gabriel zu Merle. »Was denkst du, wie gut das für seine Karriere wäre?«

»Kommt nicht gut. Er wäre dann schlimmstenfalls vorbestraft, und Privatschnüffler mit Akteneinträgen werden von der Polizei ganz und gar nicht zuvorkommend behandelt.«

»Sie können diese Scharade lassen«, sagte Leutheusser grimmig. »Ich antworte Ihnen, aber Sie vergessen das alles.«

»Wir wollen nur den Täter finden«, versicherte Gabriel ihm.

»Martin Gensheimer hat mich gebeten, ihm eine Schlüsselkarte für das unterste Deck zu besorgen.«

»Wann war das ungefähr?«

»Gegen zwölf.«

»Und dann?«

»Ich habe mich informiert und schließlich die Karte von

Frau Friedrichsen entwendet. Gegen 13 Uhr habe ich sie Herrn Gensheimer übergeben.«

»Hat er gesagt, wofür er sie braucht?«, fragte Merle.

»Nein. Das zu wissen, ist auch nicht Teil meines Auftragsprofils.«

Gabriel tauschte wieder einmal stumme Blicke mit seiner Kollegin.

»Sie haben gar keine Schlüsselkarte bei ihm gefunden, oder?« Leutheusser verzog das Gesicht.

»Nein, aber wir danken Ihnen für Ihre Mithilfe.« Er stand auf und sie verließen das Zimmer.

»Gensheimer hatte also eine eigene Karte und Zugang zum Maschinenraum«, fasste Merle zusammen, als sie über den Flur in Richtung Korridor gingen. »Um 14 Uhr wollte er laut seiner Frau einen *Kontakt* treffen. Er hatte also schon vor Erika Hanno die Möglichkeit, nach unten zu gelangen.«

»Und sie war nicht sein Kontakt, sonst hätte er ihr die Tür öffnen können.«

»Aber offenbar wusste sie davon, dass er dort sein würde, sonst wäre das ein arg großer Zufall, dass sie sich ungefähr zur selben Zeit – etwas später – Zugang verschafft«, sagte er. »Wir sollten uns noch mal den Maschinenraum ansehen.«

»Und mit Lühn und Andersen über ihr Interview mit Hanno sprechen.«

»Gute Idee.«

Sie gingen hinunter auf Deck 1, wo sie die beiden Techniker noch immer im Wartungsbüro vorfanden, zusammen mit Schoki, die an dem Computer saß.

»Herr Lühn«, wandte Gabriel sich an den Ingenieur, der ihn blass und aus müden Augen ansah. »Das Interview mit Frau Hanno, das Sie oben in der Kantine geführt haben. Das hat gegen 14 Uhr angefangen?«

»J-ja, das kommt in etwa hin. Wieso fragen Sie?«

»Und Sie hatten eine Stunde Pause?«

»Anderthalb.«

»Wie lange hat das Gespräch gedauert?«

»Etwa eine halbe Stunde.«

»Hat Frau Hanno ein Diktiergerät verwendet?«, fragte Gabriel.

»Nein, keins, von dem ich wüsste.« Lühn sah zu seinem jüngeren Kollegen, der ebenfalls den Kopf schüttelte. »Notizen hat sie ab und zu gemacht, aber das war's.«

»Das Gespräch war recht kurz, oder?«

»Etwa eine halbe Stunde. Sie wurde irgendwann sehr unruhig und hat öfter mal auf die Uhr geschaut, wir dachten schon, dass sie sich irgendwie langweilt oder so. Wahrscheinlich haben wir zu viel über Technik gesprochen.«

»Also hat sie etwa um halb drei die Kantine verlassen?«

»Ja. So ungefähr. Sie hat sich ein paarmal entschuldigt, dass sie Frams Kartenbündel vom Tisch geworfen hat«, erklärte Lühn.

»Haben Sie so viele?«

»Ja.« Der Ingenieur griff in seine Jacke und holte einen Stapel Schlüsselkarten mit Klemme hervor. Es waren Dutzende. »Für jede Tür im Hotel – weil wir die Anlagen überprüfen die letzten Tage. Fram hat dieselben, weil er Zugang braucht, um die Elektrik zu checken.«

»Und nach Ihrer Pause fehlte eine Zugangskarte.«

Fram Andersen nickte und machte dann große Augen. »Sie denken, dass ...?«

»Ja, das denke ich«, bestätigte Gabriel. »Bitte entschuldigen Sie uns.«

Gemeinsam mit Merle ging er durch den Flur zur Tür, die zum Maschinenraum führte. »Gensheimer hatte Zugang, trifft um 14 Uhr seinen ominösen *Kontakt*, kommt dann hier runter. Hanno weiß irgendwie davon, besorgt sich eine eigene Karte und kommt nach. Gegen kurz nach halb drei.«

»Sie war also ganz offensichtlich nicht sein Kontakt, ja«, meinte Merle.

»Was hat sie dann hierhergeführt?«

»Entweder der Kontakt, oder Gensheimer wollte, dass sie nachkommt.«

»Alles dreht sich also um diese ominöse Person, von der wir nichts wissen.« Gabriel rieb sich die schmerzenden Schläfen. Seine Gedanken schienen physisch zu werden und von innen gegen seine Schädeldecke zu drücken.

»Schauen wir uns noch mal den Tatort an«, schlug Merle vor, und er nickte.

KAPITEL
VIERUNDZWANZIG

Sie standen direkt auf der Plattform, vor dem Geländer, über das Martin Gensheimer in seinen Tod gestürzt – oder gestoßen worden – war.

»Die Tür ist von hier nicht einsehbar.« Gabriel deutete auf die großen Rohre und die Aluminiumfässer, die den Blick zum Durchgang versperrten.

»Erika Hanno könnte sich also durchaus unbemerkt hereingeschlichen haben«, sagte Merle.

»Ja.« Er sah über das Geländer nach unten, wo Claude immer noch mit der Leiche beschäftigt war. »Claude?«

»Ja?«, rief sie und schaute über die Schulter zu ihm nach oben. Das Wummern der Gasturbinen verschlang ihre Stimme beinahe.

»Hatte Gensheimer eine Schlüsselkarte bei sich?«

»Nein.« Die Rechtsmedizinerin schüttelte den Kopf. »Hatte gar nichts bei sich, außer seinem Smartphone und einer Menge Bargeld.«

»Wie viel?«

»Zehntausend Euro.«

»Was?«

»Zehntausend Euro«, wiederholte sie lauter. »Ist in Hundertern gar kein so großes Bündel.« Claude zog etwas aus einem Beutel hervor und winkte damit. Vermutlich war es das Geld.

»Und das sagt sie uns *jetzt*«, brummte er.

»Jemand hat ihm also die Karte abgenommen. Aber warum?«, fragte Merle.

»Keine Ahnung.« Er deutete auf die etwas dünneren Rohre in der Ecke mit den Spinden, direkt neben der Tür. »Da hinten fehlte doch was, oder?«

Sie gingen hin, und er erinnerte sich an die gelben Sicherheitshelme, die dort an einem orange gestrichenen Schrank aufgehängt waren. Das alles befand sich in einer kleinen Ecke, die mit einem Vorhang abgetrennt werden konnte. Er sah zu den Rohren gegenüber des Schranks, auf das Schild mit den Sicherheitsanweisungen für Arbeiten im Maschinenraum und dann, etwa auf Kniehöhe, zwischen einer Abdeckung und dem Schild, das jemand hochgeschoben hatte, um den handbreiten Spalt darunter freizulegen.

Gabriel kniete sich hin und sah hindurch, direkt auf die Plattform. »Du glaubst, dass Hanno hergekommen ist und sich hier versteckt hat?«

»Ja.«

Er zog das Schild herunter, sodass der Spalt verdeckt war, dann schob er es nach oben, klemmte die Unterseite auf zwei hervorstehende Schrauben und tat pantomimisch, als würde er ein Foto schießen.

»In der baugleichen Ecke auf der anderen Seite gab es diesen improvisierten Durchguck nicht«, erinnerte sie ihn.

»Aber Erika Hanno hatte keine Kamera dabei und mit ihrem Smartphone dürfte sie bei diesem Licht kaum etwas aufgenommen haben«, wandte er ein.

»Sie hat *gesagt*, dass sie keine Kamera dabei hatte.«

»Das ist alles mehr als merkwürdig.«

»Immerhin wissen wir, dass Angela Friedrichsen auch ausscheidet. Sie hatte nicht einmal mehr Zugang zum Maschinenraum, weil ihre Karte gestohlen worden ist«, munterte Merle ihn auf.

»Und sie wusste nicht einmal davon.«

»Eben.«

»Paul Leutheusser könnte Gensheimers Kontakt gewesen sein, aber das macht auch wenig Sinn, weil er ihn ja gerade eine Stunde davor getroffen hatte, um die Schlüsselkarte zu erhalten.«

»Wir sollten das Smartphone des Opfers mitnehmen und zu seiner Frau bringen, vielleicht kann sie es entsperren, und dann schauen wir uns seine Nachrichten und Anrufe an. Vielleicht haben wir Glück und finden etwas zu dem Zeitpunkt, als er seinen Kontakt getroffen hat oder kurz davor«, schlug Gabriel vor.

»Gute Idee. Kümmerst du dich darum?«

»Ja. Was hast du vor?«

»Ich spreche mit Frau Berger. Sie hat bestimmt jeden Gast persönlich begrüßt, und ich möchte wissen, ob Erika Hanno wirklich ohne Kamera angereist ist. Ich schaue mir auch noch mal ihr Zimmer an.«

»In Ordnung, tu das. Wir treffen uns vor Sarah Gensheimers Zimmer, einverstanden?«

»Einverstanden.«

Als sie sich eine Viertelstunde später im Flur der Mitarbeiterunterkünfte wieder trafen, hielt Gabriel das Telefon in der Hand, und Merle war gerade aus dem Zimmer von Katrin Berger gekommen.

»Erika Hanno hatte eine Tasche dabei, die vermutlich für eine Kamera war. Zumindest schwört Frau Berger, dass sie danach ausgesehen habe, auch wenn sie sich nicht an viele

Details erinnern kann«, sagte sie. »Ich würde wetten, dass Hanno uns etwas verschweigt. Ich glaube immer noch nicht, dass sie für so eine Story ohne echte Kamera aus dem Haus geht.«

Gabriel nickte.

»Noch etwas.« Merle trat etwas näher an ihn heran. »Sie hat zugestimmt, dass ich sie durchsuche, und ich war auch in ihrem Zimmer. Katrin Berger hat keine Zugangskarte bei sich.«

»Sie könnte sie immer noch aus dem Fenster geworfen haben.«

»Ja, das stimmt, aber ich würde sie nicht ganz oben auf die Verdächtigenliste setzen.«

Gabriel hob das Telefon in seiner Hand. »Wollen wir ausprobieren, wie weit wir hiermit kommen?«

»Denkst du, dass sie kooperieren wird?«

»Finden wir es heraus«, schlug er achselzuckend vor und ging eine Tür weiter nach links.

Sarah Gensheimer sah noch schlimmer aus als zuvor. Ihre eingefallenen Wangen waren nass vor Tränen, ihre Lider ebenso stark gerötet wie die Augen, und die Haut in ihrem Gesicht sah dünn und durchscheinend aus.

»Frau Gensheimer«, begrüßte er sie mit sanfter Stimme und warf ihr einen warmen Blick zu.

Sie blickte ihn durch einige verirrte Haarsträhnen an, ohne sich an ihnen zu stören. Vielleicht bemerkte sie sie auch gar nicht.

»Hallo.«

»Es tut mir sehr leid, dass wir Sie schon wieder stören müssen.«

»Das haben Sie beim letzten Mal auch schon gesagt«, murmelte sie niedergeschlagen.

»Wir haben hier das Telefon Ihres Mannes«, erklärte er

und zeigte ihr das Smartphone in seiner behandschuhten Hand.

»Aha.«

»Wir glauben, dass wir kurz davorstehen, den Täter zu identifizieren. Sie sagten doch, dass ihr Mann einen *Kontakt* treffen wollte. Gegen 14 Uhr?«

Sarah Gensheimer nickte schwach.

»Mit Ihrer Hilfe könnten wir eventuell Zugang zu seinem Telefon erhalten und herausfinden, um wen es sich bei diesem Kontakt gehandelt haben könnte«, sagte Gabriel.

»Spielt das überhaupt eine Rolle?« Sie schniefte. »Er ist sowieso tot. Nichts wird ihn mir zurückbringen.«

»Ich verstehe, dass Sie trauern und kann mir nur vorstellen, wie schlimm es sein muss, diesen Schock zu erleben. Ihr Mann wurde Ihnen entrissen, mitten aus dem Leben. Darum geben Sie das Tempo vor und was Sie tun oder nicht tun wollen. Das ist in Ordnung. Ich möchte lediglich, dass Sie mir eines glauben: Ein Schicksalsschlag wie dieser ist niederschmetternd, aber nichts ist für Hinterbliebene so schlimm wie fehlende Gewissheit. Wenn Sie keinen Schlussstrich ziehen können, wird es mit der Zeit nur schwerer zu ertragen, obwohl es andersherum sein sollte.«

Sarah Gensheimer hob den Blick und schien etwas in seinen Augen zu suchen. Falls es Ehrlichkeit war, fand sie sie, denn sie nickte erneut. Anhand ihrer bebenden Lippen konnte er erkennen, wie schwer es ihr fiel.

»Drei-Zwei-Drei-Drei-Sechs-Sechs«, wisperte sie. »Das ist sein Passcode.«

Gabriel probierte es aus und sah zu Merle, als es funktionierte. Rasch ging er zu der Anrufliste und fand recht schnell zwei Telefonate. Eins um 13:30 Uhr, eingehend, und eins um 14:00 Uhr, ausgehend.

»Und? Hilft Ihnen das weiter?«

»Ja«, sagte er. »Ja, das hilft uns *sehr* weiter, Frau Gensheimer.« Abwesend öffnete er WhatsApp und überflog die letzten Nachrichten. Ein Austausch hatte mit Paul Leutheusser stattgefunden, der genau so im Telefonbuch abgespeichert gewesen zu sein schien. Die Mitteilungen waren sehr kurz.

Gefunden.
Übergabe?
Vor dem Büro.
Bin gleich da.

Gabriel reichte das Telefon an Merle weiter und ließ sie zu den gleichen Erkenntnissen kommen, während er einige beruhigende Worte mit der trauernden Witwe wechselte.

Als sie sich nach zehn Minuten wieder verabschiedeten, stieß er ein langes Seufzen aus.

»Die arme Frau.«

»Kann man wohl sagen. Ihr Mann schien ein richtiges Arschloch gewesen zu sein, aber ich kann mir kaum vorstellen, wie schrecklich es sein muss, jemanden an ein Verbrechen zu verlieren. Und das so plötzlich.«

Gabriel nickte und rieb sich über das Kinn. »Die Telefonnummer war zweimal die gleiche. Nicht im Telefonbuch eingespeichert.«

»Denkst du, dass es jemand von hier war?« Sie deutete auf das Dutzend Türen um sie herum, die den Trakt mit den Mitarbeiterunterkünften bildeten.

»Ich wüsste nicht, wer sonst.«

»Dann gibt es nur noch eine Sache zu tun«, sagte Merle, und als er nickte, winkte sie Penny herbei, die am Ende des Flurs an der Wand hockte und zu ihnen getrabt kam.

»Habt ihr was?«, fragte sie aufgeregt.

»Vielleicht. Kannst du Schoki sagen, dass wir wieder eine Funkverbindung brauchen?« Gabriel wedelte mit dem Handy in seiner Hand.

»Seid ihr sicher? Die werden sofort die Leitungen glühen lassen.«

»Es ist ein Risiko, aber eines, das wir eingehen müssen. Irgendwer von den hier Anwesenden hat möglicherweise kurz vor der Tat mit dem Opfer telefoniert. Wir glauben, dass es um ein Treffen unten im Maschinenraum ging.«

»Aber er könnte auch mit jemandem auf dem Festland gesprochen haben«, gab Penny zu bedenken.

»Klar, könnte er das. Aber das wäre dann eine Koinzidenz.«

»Ihr setzt viel aufs Spiel, dafür, dass das Risiko darin besteht, euren möglichen Tätern zu ermöglichen, ihre Hubschrauber zu rufen. Dann sind sie weg, ehe ihr sie weiter befragen könnt.«

»Das ist uns schon klar. Aber ich denke mal, dass wir zumindest die Ersten sein werden, die wissen, dass es wieder funktioniert. Das gibt uns einen kleinen Vorsprung«, sagte Merle.

»Also gut.« Penny machte auf dem Absatz kehrt und lief los in Richtung Treppenhaus und Unterdeck.

KAPITEL FÜNFUNDZWANZIG

Es dauerte beinahe zwanzig Minuten, bis der Mobilfunkmast auf dem Dach der ehemaligen Bohrinsel wieder ein stabiles Signal hatte und Gabriel drei dürre Signalbalken Empfang auf Martin Gensheimers Telefon erkennen konnte.

»Der Moment der Wahrheit«, sagte er beinahe theatralisch.

»Ruf einfach an.«

»Musst du immer so pragmatisch sein? So …«

»Nordfriesisch?«, half sie ihm auf die Sprünge.

»Irgendwie schon, ja.«

»Sei du nicht so eine Dramaqueen«, schlug sie vor. »Du bist nur überemotional, weil BBQ nicht zum Einsatz gekommen ist.«

»Er ist ein guter Ermittler. Der *tierische Detektiv.*«

»Er ist ein *Frettchen.*« Merle verdrehte die Augen.

»Du hast nie *Ace Ventura* gesehen, oder?« Er seufzte.

»Er ist ein *Frettchen*«, wiederholte sie.

»Das frischen Ingwer auf fünf Kilometer riechen kann«, beharrte er.

»Das ist noch nicht bewiesen. Damals auf Pelle, das waren maximal zwei, die ich akzeptieren würde.«

»Aber das hat nur daran gelegen, dass auf Pellworm nichts weiter als zwei Kilometer entfernt ist.«

»Willst du jetzt anrufen oder bist du nervös?«, fragte sie und warf ihm einen Blick zu, der keinen Aufschub mehr erlaubte.

»Na, was soll's?« Er drückte mit dem Daumen auf die unbekannte Rufnummer, und beinahe im selben Augenblick hörten sie einen aufsteigenden Klingelton. Merle legte den Kopf schief wie ein Tier, das einer Gefahr lauschte, da kam ein kleiner Schatten aus dem Korridor gehuscht.

Der Klingelton brach ab. Gabriel sah zu Merle, doch die schüttelte den Kopf.

»Verdammt!« Als sie sein Lächeln sah, zog sie wütend die Stirn in Falten. »Das ist verdammt schlimm!«

Gabriel antwortete nicht und zeigte stattdessen auf Blablaquatschi. Das kleine Frettchen mit dem gelben Halsband machte Männchen an der vierten Tür in Richtung des Durchgangs zum Zentralkorridor und kratzte an dem weiß lackierten Holzimitat.

»Vielleicht keine fünf Kilomter, aber seine Ohren sind immer noch die besten«, sagte er stolz und ging auf die Tür zu. BBQ hielt er eine Hand hin, damit er an ihm heraufkrabbeln konnte. Gabriel kraulte ihm den Hals, und sein Haustier gurrte vergnügt, ehe er es an Penny weiterreichte, die ihm wissend zunickte. *Danke,* sagte er mit der Bewegung seiner Lippen und wandte sich wieder der Tür zu. Merle sah überrascht aus.

»Das ist Markus Fehls Zimmer«, sagte sie leise.

»Ich weiß.« Er atmete tief ein und aus, um etwas von seiner Anspannung zu lösen. Den Sänger hatte er nicht sehr weit oben auf seiner Verdächtigenliste gehabt.

Als sie hereinkamen, sah der Sänger von seinem Handy auf

wie ein Schuljunge, der gerade von seinen Lehrern bei einem schlimmen Streich erwischt worden war. Gabriel hob bloß das Telefon in seiner eigenen Hand und konnte dabei zusehen, wie Markus Fehl immer bleicher wurde. Nachdem er mit Merle hineingegangen war, ließen sie die Tür offen und setzten sich ihm gegenüber hin.

»Wie schwierig dieses Gespräch jetzt wird, hängt ganz von Ihnen ab«, sagte er ruhig.

»Wovon reden Sie?«, fragte Fehl, der seine Fassung wiedergefunden zu haben schien.

»Sie haben mit Martin Gensheimer telefoniert.«

»Ja. Wir befanden uns in einem Rechtsstreit miteinander.«

»Aber den regeln eigentlich die Anwälte untereinander«, wandte Merle ein.

»Er wollte eine außergerichtliche Einigung.«

»Ach? Die haben Sie ganz vergessen zu erwähnen, als wir uns das letzte Mal unterhalten haben«, sagte Gabriel mit gespielter Überraschung. »Kannst du dich an eine solche Aussage erinnern, Merle?«

»Kein bisschen«, antwortete sie kühl, ohne den Blick von Fehl abzuwenden.

»Es ging ja auch nicht um meinen Rechtsstreit mit Herrn Gensheimer, sondern um ein Mordopfer.«

»Woher wissen Sie, dass es sich um Mord handelt? Nicht um Totschlag oder fahrlässige Tötung?«, fragte Gabriel den Sänger. »Haben Sie Informationen aus erster Hand?«

Fehl knirschte mit den Zähnen.

»Hören Sie«, sagte er etwas freundlicher. »Ich spiele dieses Spiel schon deutlich länger als Sie. Jetzt gerade klammern Sie sich an die Hoffnung, dass wir nur bluffen und eigentlich gar nichts gegen Sie in der Hand haben. Aber diese Unsicherheit, ob Sie sich vielleicht verkalkulieren, die wird nur noch zunehmen. Meine Kollegin und ich sammeln nun schon seit Stunden Informationen und verbinden die verschiedenen Fäden miteinander. Die laufen alle bei Ihnen zusammen. Glauben Sie wirklich, dass Sie als einzelner Faden mehr wissen als wir?«

Sein Gegenüber blähte die Nasenflügel auf und wollte die Arme vor der Brust verschränken, schien es sich jedoch auf halbem Weg anders zu überlegen und legte sie auf den Knien ab.

»Ich habe mit ihm gesprochen, ja. Und?« Sein Handy zirpte und er tat so, als würde er es nicht bemerken.

»Um kurz vor zwei. 13:30 Uhr, um genau zu sein.« Gabriel winkte mit Gensheimers Handy. »Ersparen Sie uns die verschwendete Zeit und leugnen Sie es nicht.«

Fehl schwieg.

»Worüber haben Sie geredet?«, fragte Merle. »Bevor Sie antworten: Wir wissen vom Maschinenraum und Herr Gensheimers Zugang. Wir wissen auch, dass Sie sich um 14 Uhr getroffen haben.«

Der Sänger schien etwas erwidern zu wollen, doch stattdessen biss er sich auf die Unterlippe und schwieg weiter.

»Penny?«, rief Gabriel, und seine Assistentin streckte kurz darauf den Kopf durch die offene Tür. Irgendwo im Hintergrund quietsche BBQ.

»Ja?«

»Bitte geh zu seiner Unterkunft und durchsuch sie …«

»Das dürfen Sie nicht!«, brauste Fehl plötzlich auf.

»… wir suchen eine Schlüsselkarte. Du weißt, welche«, fuhr Gabriel ungerührt fort, ohne seinen Blick von dem jungen Mann abzuwenden.

»Hey, das …«

»Doch, das dürfen wir«, schnitt er ihm das Wort ab. »Sie sind hier Gäste und es gilt immer noch das Hausrecht. Penny wird vorher Angela Friedrichsen fragen, die offizielle Hausherrin, die den Eigentümer, Thomas Berger, vertritt. Da das hier auch keine offizielle Hotelübernachtung ist, sind Sie lediglich eingeladene Privatgäste und haben kein Recht auf Privatsphäre.«

Gabriel war klar, dass er damit zwar recht hatte, aber seine Argumente auf rechtlich sehr wackeligen Beinen standen. Fehl schien es jedoch wie erhofft nicht aufzufallen. Seine Augen begannen fiebrig hin und her zu zucken, und auf seiner Stirn bildeten sich feine Schweißperlen.

»Kooperation hilft Ihnen vor jedem Gericht«, versicherte Merle dem Sänger mit gutmütiger Stimme. »Lügen und aktive Behinderung unserer Arbeit dagegen so gar nicht.«

»Ich habe mit ihm gesprochen, ja«, sagte der und knetete seine schweißnassen Hände. Sie hinterließen dunkle Abdrücke auf seinen Knien. Sein Handy gab wieder ein Zirpen von sich.

»Wollen Sie da drangehen?«

Fehl leckte sich über die Lippen, dann schüttelte er den Kopf.

»Wo waren Sie um 14 Uhr?«

»In meiner Unterkunft, das habe ich Ihnen schon gesagt.«

»Nein, Sie haben sich mit Martin Gensheimer getroffen und wollten ihn erpressen«, fuhr Gabriel ihn an. »Sie haben Erika Hanno eine Story versprochen, indem Sie ihn ...«

»Pheline«, unterbrach Merle ihn, und er blinzelte zuerst verwundert, da verstand er, was sie meinte.

»Sie haben gesagt, dass Sie zur Tatzeit mit Pheline Berger in Ihrem Zimmer gewesen sind. Aber das stimmt nicht.« Die Puzzlestücke fielen in seinem Kopf an ihre Plätze, und es ging Schlag auf Schlag.

»Sie konnte nichts dafür! Ich bin sicher, dass es ein Unfall war!«, rief Markus Fehl aufgebracht. Er klang jetzt beinahe flehend, und seine Reaktion war das letzte Puzzlestück, das Gabriel gebraucht hatte. Er dachte an die zehntausend Euro in bar, die Gensheimer bei sich gehabt hatte, die nervöse Pheline

Berger oben in der Küche. Ihr Vater, der um 15 Uhr fluchtartig sein Büro verlässt, um angeblich genau dorthin zu laufen.

»Sie wollte ihn wegen der sexuellen Belästigung damals zur Rede stellen und hat Erika Hanno eingespannt, damit sie das vertrauliche Gespräch filmt und er sich selbst belastet. Wenn er die Sache unter vier Augen zugibt, hätte sie ihren Beweis und könnte ihn zu Fall bringen. Jemand wie Gensheimer denkt in Problemlösungen, also Geld. Er wollte sich freikaufen von einem zukünftigen Problem. Erika Hanno hat zugestimmt, weil er auch sie wegen ihren angeblichen Zuwendungen für die Berichterstattung zu dem ganzen Berger&Benelli-Energon-Streit erpresst hat. Aber Gensheimer hat sich nicht so verhalten, wie er sollte, und dann hat sie ihn …«

»Nein, das würde sie niemals tun. Sie ist keine Mörderin!«

»Warum haben Sie die Schlüsselkarte?«, fragte Merle.

»Ich … sie hatte sie bei sich, und ich habe sie genommen, weil ich sie wegwerfen wollte.« Markus Fehl fiel in sich zusammen wie ein nasser Sack.

»Pheline Berger hatte die Idee, aber Sie haben ihr geholfen, weil Sie durch das Gerichtsverfahren die direkte Rufnummer von Martin Gensheimer in Erfahrung bringen konnten, diskret, über Ihren Anwalt, der häufig mit ihm sprechen muss.«

»Ja«, wisperte der Sänger. »Ich konnte doch nicht wissen, dass …«

»Die Kamera von Erika Hanno«, sagte Gabriel mit Blick zu Merle. »Bring Erika Hanno hierher. Und, Penny?« Er sah zu der jungen Kommissarin im Flur. »Hol Thomas Berger.«

Kurze Zeit später kamen die beiden mit der Journalistin und dem Unternehmer zurück. Ihren Gesichtsausdrücken nach zu urteilen, schienen sie zu wissen, dass etwas in der Luft lag.

»Die Kamera«, kam Gabriel gleich zur Sache und zeigte

auf Hanno. »Die Sie bei Ihrer Ankunft dabeihatten. Wo ist sie jetzt?«

»Es gibt keine …«

»Ich möchte wetten, dass ich Sie in Thomas Bergers Büro finde.« Er zeigte mit ausgestrecktem Zeigefinger auf den Unternehmer. »In Ihrem Safe. *Deswegen* haben Sie gesagt, dass wir Ihre Tochter in Ruhe lassen sollen. Deswegen sind Sie gegenüber Ihrer Geschäftsführerin so nervös gewesen und haben gesagt, Sie würden ausgerechnet in die Küche gehen. In Wirklichkeit haben Sie Ihre aufgelöste Tochter vorgefunden, die Sie in ihrer Hilflosigkeit angerufen hat.«

»Das …«

»Erika Hanno war bei ihr, ebenfalls verstört, aber deutlich kontrollierter«, fuhr er ohne Unterbrechung fort. »Sie hatte die Kamera bei sich, auf der die Tat zu sehen ist, und Sie haben das getan, was erfolgreiche Unternehmer immer tun: eine Entscheidung unter Druck gefällt. Sie haben die Kamera genommen und im Safe verschlossen.«

»Sie haben …«, begann Erika Hanno, doch Berger brach bereits.

»Es war ein Unfall!«, rief er mit den Händen ringend. »Sie wollte doch nur ein Unrecht geradebiegen, das ihr angetan wurde, und da ist dieses Schwein handgreiflich geworden.«

»Haben Sie das Video gesehen?«, fragte Gabriel.

»J-ja.«

»Ist es so eindeutig?« Die Antwort wartete er nicht ab. »Nein, das ist es nicht, denn sonst hätten Sie die Kamera nicht verschwinden lassen, habe ich recht?«

»Ich gehe sie holen«, schlug Merle vor.

»Nein. Bleib du mit Penny hier und lasst keinen von ihnen aus diesem Zimmer raus.« Gabriel stand auf. »Ich gehe zu ihr.«

»Sie hat schon einige Male angerufen«, sagte Fehl schwach und hielt inne.

»Rufen Sie sie zurück.«

Der Sänger nickte und wählte die Nummer. Die Zeit dehnte sich, schließlich schüttelte er den Kopf.

Gabriel überlegte und ging durch die Tür zum Flur. Dort sah er gerade noch einen Kopf um die Ecke vom Korridor verschwinden.

»Warten Sie!«, rief er und begann zu laufen. Bei den Fahrstühlen erkannte er eine Silhouette, die zu den Treppen lief. Nach oben zum Deck 3.

Verdammt, fluchte er in Gedanken und folgte ihr, so schnell er konnte. Schwer atmend hetzte er immer drei Stufen auf einmal hinauf und drehte sich im Korridor auf der obersten Etage einmal im Kreis, ehe sein Blick auf die Tür fiel, durch die sie vom Hubschrauberlandeplatz hereingekommen waren. *Warum läuft sie weg, wenn wir auf einer Ölplattform sind? Es gibt kein Entkommen.*

Die Antwort darauf machte ihm Sorgen. Er brach geradezu durch die leichte Metalltür und sprintete das enge Treppenhaus hinauf, bis er auf dem windgepeitschten Dach ankam.

Pheline Berger hatte gerade den Rand gegenüber erreicht und stand wie angewurzelt dort. Eine dunkle Silhouette im roten Licht der Positionsleuchten, die sich gerade so vom dunklen Horizont der hereinbrechenden Nacht abhob.

»Tun Sie es nicht!«, rief Gabriel ihr durch Windböen und Regen zu und näherte sich vorsichtig. *Tun Sie es nicht,* wiederholte er in Gedanken und schnaubte innerlich. *Sehr originell.*

Pheline Berger wandte den Kopf zu ihm um, sodass sie ihn aus den Augenwinkeln sehen konnte.

Er machte einen großen Bogen, damit sie sich nicht bedroht oder bedrängt fühlte, bis er ebenfalls direkt am Rand stand, etwas mehr als zehn Schritte von ihr entfernt.

Die Wellen tosten in der Tiefe unter ihnen wie die Kiefer geifernder Seeungeheuer, die nach ihnen schnappten. Es ging hundert Meter hinab, vielleicht auch mehr – tief genug, dass ihm schwindelig wurde, als er hinabsah.

»Ich würde eigentlich lieber nicht springen!«, rief er durch den Sturm in ihre Richtung. Die einzelnen Böen waren stark genug, dass die Regentropfen im Gesicht schmerzten, wenn sie gegen seine Haut peitschten.

»Was reden Sie da?«, hörte er Pheline Berger antworten. Ihre Stimme klang geisterhaft in dem Lärm der sie umgebenden Naturgewalten.

»Wenn Sie springen, ist meine Karriere am Ende«, log er. »Dann ich genauso gut mitspringen.«

»Lassen Sie das! Sie verstehen gar nichts.«

»Ich denke schon. Ich glaube, dass Martin Gensheimer Sie gedemütigt hat. Ich glaube, dass er ein intrigantes, erpresserisches Arschloch war, das für seinen Erfolg über Leichen gegangen ist«, sagte Gabriel laut. »Und ich glaube, dass es schwer auszuhalten sein muss, zu wissen, dass dieser Mann Sie nicht nur ohne Konsequenzen belästigt hat, sondern Ihnen mit *seinem* Fehlverhalten auch noch die Karriere verbaut hat, die Sie sich immer gewünscht haben.«

»Er hat immer gewonnen. Jedes Mal«, rief sie zurück. Durchnässte Haarsträhnen klebten ihr im Gesicht oder flogen im Wind hin und her wie dunkle Tentakel.

»Nicht diesmal«, widersprach er. »Sind Sie mit dem Vorsatz in den Maschinenraum gegangen, Martin Gensheimer zu töten?«

»Nein!«

»Es ist zum Streit gekommen, nehme ich an?«

»Er hat mich eine Schlampe genannt und dass ich das verdammte Geld nehmen solle, mehr würde ich von ihm niemals bekommen. Und wenn ich nicht annehme, würde er mein Leben zerstören. Ich ... ich habe die Kontrolle verloren und ihn geohrfeigt. Dann hat er mir in den Magen geschlagen.«

Gabriel ballte die Hände zu Fäusten.

»I-ich war so wütend«, fuhr Pheline Berger fort, im Rauschen des Windes kaum zu verstehen. »Ich habe ihn geschubst und dann … dann ist er über das Geländer gestürzt und in diese Kette und …«

»Schon gut. Das alles sind mildernder Umstände«, versicherte er ihr. »Fahrlässige Tötung ohne jede Tötungsabsicht.«

»Ich hätte niemals da runter gehen sollen. Wie konnte ich so dumm sein?« Sie begann zu schluchzen und verbarg das Gesicht in den Händen.

»Es war menschlich«, sagte er leise und setzte sich in Bewegung. »Wenn Sie jetzt aber da runterspringen, entgehen Sie vielleicht einer sehr kurzen Haftstrafe – aber Sie zerstören die Leben Ihrer Eltern. Glauben Sie mir, Eltern, die Ihre Kinder zu Grabe tragen, müssen mit einer Wunde weiterleben, die nie wieder verheilt. Ihr Vater hat Ihnen in Ihrer Not mit der Kamera geholfen, das wird maximal eine Geldstrafe. Genau wie für Ihren Freund, Markus Fehl. Sie wollen nicht wirklich springen, habe ich recht?«

Gabriel stand jetzt direkt neben ihr. Ihr Gesicht ruckte zu ihm, doch der Schreck verschwand rasch wieder, als sie bemerkte, dass er sie noch nicht gepackt und zu Boden gerungen hatte.

»Das Leben ist manchmal scheiße«, sagte er im Plauderton, als stünden sie im Sommer in einem Park und nicht in der Kälte eines Nordseesturms. Er sah in die Dunkelheit hinauf. »Und wir können die Sonne nicht mehr sehen. Aber das liegt nur daran, dass sie gerade woanders ist und bald zurückkommt. Wenn wir keinen Ausweg sehen, sind Stärke und Geduld gefragt, damit wir den nächsten Sonnenaufgang abwarten und an ein neues Werk gehen können. Sie sind keine Mörderin, Pheline, und das wissen Sie auch. Mit dem, was passiert ist, werden Sie leben müssen – das wird nicht leicht, aber wir wachsen nicht an Dingen, die einfach sind, sondern an denen, die uns zu zerbrechen drohen, es aber nicht schaffen. Sie haben da drinnen Eltern, die Sie lieben, einen Vater, der sich schützend vor Sie gestellt hat, einen berühmten Freund und Lebenspartner, der für Sie in Kauf genommen hat, als Täter dazustehen. Für mich klingt das nach einer Menge Unterstützung und Menschen, die es verdient haben, dass Sie es sich nicht leicht machen, sondern die Stärke finden, die Sie brauchen. Für sie alle.«

Pheline Berger drehte sich zu ihm und sah aus großen, feuchten Augen zu ihm auf wie ein waidwundes Reh. Er nahm Sie einem Impuls folgend in die Arme und sperrte den eisigen Wind aus seinen Gedanken aus.

EPILOG

Nachdem Pheline Berger, Erika Hanno, Thomas Berger und Markus Fehl in einem Raum separiert und von Penny beaufsichtigt waren, redete Erno Heinrichsen mit ihnen als derjenige, der die Anzeige übernehmen würde. Schoki war damit beschäftigt, die Spuren Ihres kleinen ›Funkausfalls‹ zu verwischen, und Claude packte ihre Sachen. Das Video von der Kamera der Journalistin war für den Generalstaatsanwalt offenbar eine Bestätigung dafür, dass es sich um fahrlässige Tötung gehandelt hat und kein zu hohes Strafmaß zu erwarten sein würde.

Gabriel stand mit BBQ auf der Schulter und Merle neben sich auf dem Dach und schaute in die Nacht. Das Frettchen hatte sich ganz klein gemacht und seinen buschigen Schwanz um seinen Hals gelegt, als wollte es ihn vor der ungemütlichen Witterung beschützen.

»Was für ein Fall«, meinte Merle. Sie stand dicht genug bei ihm, dass er mit seiner Größe und Statur einen Windschatten erzeugte, der sie etwas schützte, aber gerade so, dass Sie sich nicht berührten.

»Es war noch nicht einmal ein Fall, genau genommen.

Wir waren nur Gäste, die zufällig Polizisten sind und ein paar Fragen gestellt haben.«

»Das war eine gute Ansprache hier draußen. Mit Pheline Berger, meine ich.«

Gabriel seufzte. »Sie tut mir irgendwie leid. Trotz allem.«

»Mir auch. Ebenso wie Sarah Gensheimer.«

»Ja, das stimmt.« Er warf ihr einen Seitenblick zu. »Das war wieder gute Arbeit, Merle. Ich bin froh, dass du Teil unserer ständigen Sonderkommission bist. Abseits vom Radar zu arbeiten hat Nachteile, aber dafür wird es wenigstens nie langweilig.«

»Ich stehe auf einer ehemaligen Bohrinsel im Sturm, neben einem Zwei-Meter-Gorilla mit Frettchen auf der Schulter, das er *Blablaquatschi* nennt – wo würde ich sonst sein wollen?«, fragte sie lakonisch.

»Auf einem Sofa mit prasselndem Kamin davor und einem Glas Rotwein in der Hand?«, schlug er vor und lächelte ihr von der Seite zu. Sie erwiderte seinen Blick mit einer Wärme, die für einen Moment sogar die Kälte des Sturms vertrieb.

»Das klingt ...« Sie wurde vom plötzlichen Donnern von Rotoren unterbrochen, als ein riesiger Hubschrauber der Küstenwache durch die Wolke brach und auf das große ›H‹ auf dem Dach zuhielt. Gabriel zog Merle mit sich zu dem kleinen Treppenhäuschen, um sich vor dem peitschenden Wind der Rotorblätter zu schützen.

»Unser Taxi ist da.«

PERSONENREGISTER

Gabriel ›Gabe‹ Behrens: Hauptkommissar beim LKA Niedersachsen. Leiter der Sonderkommission.
Merle ›Merlin‹ Winter: Oberkommissarin beim LKA Schleswig-Holstein.
Claudine ›Claude‹ Schäfer: Rechtsmedizinerin. Teil der Sonderkommission.
Shakoufeh ›Schoki‹ Gheselbash: IT-Spezialistin. Teil der Sonderkommission.
Penelope ›Penny‹ Moreau: Kommissarin und Assistentin von Gabriel Behrens. Teil der Sonderkommission.
Erno Heinrichsen: Generalstaatsanwalt von Schleswig-Holstein.
Thomas Berger: Unternehmer und Vorstandsvorsitzender der Berger&Benelli-Gruppe. Ehemann von Katrin Berger und Vater von Pheline Berger.
Katrin Berger: Geschäftsführerin von Berger&Benelli. Ehefrau von Thomas Berger und Mutter von Pheline Berger.
Konstantin Woljow: Ehemaliger russischer Oligarch aus dem Ölsektor. Heute in Deutschland im Exil lebender Investor.

Ludmilla Tschernanskaja: Ukrainische Oligarchin. Lebt heute in der Schweiz als Investorin und Business Angel.
Naatu Patel: Indischer Investor.
Paul Leutheusser: Privatdetektiv.
Angela Friedrichsen: Geschäftsführerin und Hotelmanagerin des ›Nordseetraums‹.
Erika Hanno: Berühmte freie Journalistin, spezialisiert auf Hintergrundberichte und Investigativarbeit.
Markus Fehl: Berühmter Popsänger.
Sarah Gensheimer: Ehefrau von Martin Gensheimer.
Martin Gensheimer: Berühmter Rechtsanwalt mit eigener Fernsehserie (*Recht des Gesetzes*) und Ehemann von Sarah Gensheimer.
Remy Haby: Starkoch aus dem Elsass mit drei Michelin-Sternen prämiert.
Pheline Berger: Tochter von Thomas und Katrin Berger und Leiterin der Gastronomie auf dem ›Nordseetraum‹.
Herbert Lühn: Wartungsingenieur, Leiter der Technik des Hotels.
Fram Andersen: Elektriker auf dem ›Nordseetraum‹.

NACHWORT

Liebe Leserinnen, liebe Leser,

ich hoffe, dass euch Gabriel Behrens' und Merle Winters zweiter Fall einige spannende Lesestunden beschert und euch der kriminalistische Ausflug auf die Nordsee und zu einem etwas anderen Tatort gefallen hat. In meinem persönlichen Newsletter informiere ich euch über aktuelle Neuerscheinungen, und als Dankeschön für eure Teilnahme erhaltet ihr gratis die Kurzgeschichte »XY«.

Herzliche Grüße, Eure Hannah

Korrektorat: Jasmin Kraft

Besonderer Dank: Viktoria M. Keller

Cover: Elementi.Studio

Hannah Husum

c/o SP-Day Impressum-Service

Dr. Lutz Kreutzer

Hauptstraße 8

83395 Freilassing

Deutschland

Printed in Poland
by Amazon Fulfillment
Poland Sp. z o.o., Wrocław

27940401R00131